迷路蝴蝶

李有成

目次

詩無定法

自序

一九七〇年我出版第一本詩集《鳥及其他》，收入一九六〇年代下半的部分創作。事隔三十多年後，我在二〇〇六年印行第二本詩集《時間》，除選收《鳥及其他》的若干詩作外，另收入一九七〇年代的大部分作品。我為《時間》寫了一篇題為〈詩的回憶〉的自序，有敘有論，對自己早年的創作頗多反省，並約略論及個人對文學的若干體認與想法。文雖不長，卻相當具有自傳性。由於所收都是早期的詩作，因此當時我大抵把那本詩集視為出土文物，敝帷不棄，聊作紀念而已。不過在序文最後我倒是自問自答，為自己留下某種期許：「我會不會再寫詩呢？——希望還會。」

《時間》出版至今已十一年，當初的自我期許就是眼前這本《迷路蝴蝶》。這是一本近乎全新的詩集。我說「近乎」主要因為詩集中還輯入分別寫於一九六〇年代末與七〇年代末的兩首詩。這兩首詩——即〈某日下午〉與〈祭南海之神〉——從未收入過去的詩集裏，如今敝帚自珍，並非不知藏拙，主要因為這兩首詩還有多少紀念意義，反映的是我早年不同時期的詩風。《迷路蝴蝶》的其他作品則多完成於過去十年，尤其是最近兩、三年。白居易在〈與元九書〉中說，「年齒漸長，閱事漸多，每與人言，多詢時務，每讀書史，多求理道，始知文章合為時而著，歌詩合為事而作」。白居易這一席話雖非高論，蓋詩文既關乎現世人生，本來就是為時為事，當然最後還須仰賴想像；不過就像他的感慨，如今我也到了不踰矩的年齡，讀書閱事，難免多有感懷，近年來創作稍多也是自然的事。

在這之前二、三十年，我專心於學術與教學工作，出版了若干學術著作與評論文集，在詩創作上卻交了白卷。儘管如此，我並未忘情於詩，讀詩一直是我的日常功課。我的教學和研究以小說與文學理論為主，讀詩主要出於興趣，也是年輕時養成的習慣。中文詩——古典的與現代的——當然常讀，由於早年求學上課，我對英美與西歐重要詩人的作品也比較熟悉。可是過去一、二十年，我讀的最多的反而是前東歐、中東、南美、加勒比海、韓國、日本等地區詩人的創作。當然，我只能借助這些詩作的中譯或英譯。不過，收穫還是相當可觀的。我不僅發現中文詩與英美詩之外的許多傳統，也看到在不同的歷史情境與生存現實中，詩人透過創作應對的種種方式——以及他們對詩的不同體認。

這些讀詩經驗當然讓我體察到更寬闊的詩的天地，甚至因此重新形塑我的詩觀。我最深刻的體會是：詩無定法。詩在本質上與其他文類沒有兩樣，創作所涉及的並不只是「寫什麼」的問題而已，同樣重要的，甚至可能更為重要的，是「怎麼寫」的問題。因此詩無定法並非表示無法，詩人在體驗詩無定法的解放與自由之後，反而需要更多的修為來面對「怎麼寫」的問題。波赫士（Jorge Luis Borges）認為自由詩遠比格律詩難寫，顯然也是出於類似的體認。詩無定法的認知目的無非在消除對詩的陳規定見，跳脫創作的窠臼，以為只有符合某些模式或準則才能算詩。正如波蘭詩人辛波絲卡（Wisława Szymborska）在〈某些人喜歡詩〉（"Some People Like Poetry"）一詩中的問答：

但是究竟什麼是詩？
自這個問題初被提起，跋前躓後
殘缺的答案何止一個。

辛波絲卡的意思是，「什麼是詩」的答案非僅「殘缺」，甚至「何止一個」。這與詩無定法的體認初無二致。

《迷路蝴蝶》可以說是這種詩觀的產物。正因為詩觀上的解放，自由換來更多的可能性，這本詩集不拘一格，題材也不限於一時一地，在形式與語言上少了罣礙，關懷自然比之前的少作寬廣多元。反映在創作上，我彷彿從青年直接跨入老年，略過了壯年那個時期。從這個視角看，《迷路蝴蝶》或可說是一本醞釀多年的詩集。

這些改變中最顯著的是我對詩的語言的省思。年輕時相信有所謂詩的語言，因此經之營之，希望做到「語不驚人死不休」，就好像我也曾經一度以為意象即是詩的一切，也是經之營之，樂此不疲。後來認識了美國的意象詩派，雖然讀過不少該詩派的佳作，只是讀多了當初的驚喜卻隨之遞減。意象重要，卻未必是詩的全部，尤其在處理較長的詩或敘事性較強的詩時，意象詩派就明顯地有些力有未逮。

特意強調詩的語言也有類似的問題，似乎詩的語言與一般語言不同，其極致表現就是隱晦而難以穿透的詩句，有時偶見佳句，卻往往未必可見佳篇。其實詩之為詩，原本就是語言的構成，一首由語言組構的作品如果被稱為詩，這個語言不假他求，本身自然就是詩的語言。「香稻啄餘鸚鵡粒，碧梧棲老鳳凰枝」固然是詩的語言，「我從去年辭帝京，謫居臥病潯陽城」何嘗不是詩的語言？只要這些詩句屬於詩的一部分，構成這些詩句的當然是詩的語言。詩的語言與詩的義理顯然不可分割，因此不論濃稠或者淡雅，艱澀或者淺白，最終決定某些詩句的語言是否適切的是詩的整體，不是詩的局部。

已故巴勒斯坦詩人達爾維什（Mahmoud Darwish）在其散文詩〈單一的字〉（"A Single Word"）中這麼說：「一個缺乏格律或節奏的散文句子，如果詩人巧妙地將之置於適當的脈絡，這個句子會為他確定節奏，並且經由幽暗的語言照亮通往意義的道路。」這是經驗之談，一個句子是否為詩，其實端看詩人如何把這個句子擺在詩中適切的位置。達爾維什還說：「一個人在街角或商店裏向另一個人說的平凡用語，這個用語使詩成為可能。」他的意思是，構成詩的原本就是人與人之間日常生活的語言。達爾維什生前向被視為現代巴勒斯坦最重要的詩人，我們視詩為小眾藝術，可是他每次公開朗誦卻動輒吸引數千上萬的讀者。他的詩不是口號或宣傳，有些其實並不易懂，因為這些詩涉及個人和集體複雜的歷史經驗，甚至充滿伊斯蘭宗教與文化知識，他的語言顯然淬鍊自他的文化與生命歷程。就像在〈為懸詩而歌〉（"Rhyme for the Mu'allaqat"）一詩中，他這麼寫道：「除了承載我的土地，再無別的的土地，而我的／語言承載着我」。這樣的語言根植於巴勒斯坦人苦難的歷史廢墟，在一無所有的窘境裏，他所擁有的就只剩下腳下的土地與無法被剝奪的語言。這個語言像飛鳥那樣背着他飛行，教他安身立命。

《迷路蝴蝶》與我之前兩本詩集尚有明顯的不同。前兩本詩集偏於抒情，這本卻敘事性甚高，其中還有幾首應屬體例完整的敘事詩。這也反映在詩的語言的選擇上。不過即使抒情之作，有的詩仍不免隱含敘事成分。換一個角度看，有的詩通篇似在敘事，其基調其實仍在抒情。好友張錯近有〈輓詩〉一首，在哀悼余光中老師之餘，感嘆「這是小說世紀，沒有詩」。他說的「沒有詩」當然並非字面上的意義，指的容或是：「這世界寫詩的人越來越多／熙來攘往，好詩越來越少」。柯勒（Jonathan Culler）在論西方抒情詩時也有類似的感慨，他說：「抒情詩一度是文學經驗與文學教育的中心，但卻因小說而黯然失色。」影響所及，讀者在閱讀抒情詩時，也不免要「找出可被視為小說角色的說話人，重建其狀況與動機」。換言之，這是在閱讀過程中將抒情詩敘事化。柯勒對此似乎頗有微辭，其實閱讀各有門徑，而且很受個人習慣影響。創作與閱讀一樣，也需要門徑，也就是前面提到的「怎麼寫」

的問題。《迷路蝴蝶》裏的詩大部分抒情與敘事兼具，甚至有時候敘事的目的似乎在為抒情鋪路，原因無他，這些詩不論述史，論世，懷人，憶往，悼亡，或哀生態，儘管舒緩多於奔放，沉隱多於激越，不少竟是憂世抒懷之作。世事擾攘，瓦釜雷鳴，寫詩，對我而言，畢竟是件嚴肅的事。

陸游有詩〈老境〉云：「臨窗蜀紙謄詩草」，這些詩成書之前曾經先後在臺灣、馬來西亞及新加坡的報紙副刊與文學雜誌發表，我要向封德屏、杜秀卿、蔡素芬、孫梓評、宇文正、王盛弘、張永修、黃俊麟、梁靖芬、林韋地、李時雍等表示誠摯的謝意。聯經出版有限公司願意出版這本詩集，我要特別謝謝總編輯胡金倫、編輯主任陳逸華，以及編輯黃榮慶。榮慶在詩集的印製過程中給予協助最多，而詩集選在我退休之際出版，這是金倫的美意，令我深為感動。我同時還要謝謝陳瑞獻、潘正鐳、單德興、張錯、哈金、黃英哲、馮品佳、張錦忠、高嘉謙等好友這些年來的敦促與鼓勵。瑞獻應允我使用他的墨寶，正鏞與德興願意讓我將他們的大文納為〈深夜訪陳瑞獻於古樓畫室〉一詩的附錄，都為這本詩集增色不少。我至今仍以鋼筆寫作，我的助理曾嘉琦幫我把這些詩一首首輸入電腦，協助我整理與校對詩稿，謝謝嘉琦的辛勞。是為序。

李有成

二〇一八年一月二十九日於臺北

卡拿

歐默特一早
自彈影火光的夢中醒來
他血絲着眼
走到盥洗間，打開水龍頭
鮮紅的血自水龍頭流出

歐默特默默怔住：
從特拉維夫到卡拿
有一道細微的血管——

阿巴斯的血管
只有十八個月大
來不及賁張，來不及碩壯的
阿巴斯的血管。
從卡拿到特拉維夫
在戰機與炮火聲中
來不及，一切都來不及的
阿巴斯——

曾經發生奇蹟的卡拿
再也沒有奇蹟。

——二〇〇六年九月於臺北

附記：

二〇〇六年七月三十一日凌晨一點鐘左右，以色列入侵黎巴嫩後的第十八天，以軍戰機以兩枚炸彈轟炸黎巴嫩南部一個叫卡拿（Qana）的鄉鎮。炸彈擊中一幢三層樓房，造成六十多位黎巴嫩人死亡，其中三十四位是兒童，最小的一位叫阿巴斯哈薩姆（Abbas Mahmoud Hashem），只有十八個月大。大約十天之後，以色列駐聯合國大使卻在安全理事會召開的一次會議中語帶感傷地說：「看見孩子長大成人是最美麗的事。」以色列辯稱轟炸前曾經呼籲當地居民離開卡拿，但是大部分居民既沒有能力，也沒有交通工具逃命。此次血腥屠殺激起全球公憤，國際人權組織「人權觀察」（Human Rights Watch）稱此為「戰爭犯罪」（war crimes），連一向為以色列撐腰的美國也感到詞窮，以色列在國際壓力下被迫停火四十八小時；不過，四十八小時後又對貝魯特及其他城鎮恢復轟炸。英國廣播公司（BBC）稱卡拿為黎巴嫩苦難的象徵。卡拿不是第一次發生這樣的慘劇。十年前，也就是一九九六年，以色列在一次代號為「憤怒的葡萄」(Grapes of Wrath)的攻擊行動中，以強烈的炮火襲擊卡拿，擊中聯合國派駐當地的辦公場所，造成一百多位平民死亡。據考卡拿極可能是《新約・約翰福音》(2: 1-11)中提到的加利利的迦拿（Cana of Galilee），即耶穌第一次行奇蹟，在婚宴上將清水變為美酒的地方。以色列總理歐默特（Ehud Olmert）悍然表示，不將黎巴嫩境內的真主黨（Hezbollah）趕盡殺絕，軍事行動絕不終止。此次以軍以空襲、炮擊與坦克地面部隊揮軍北上，理由是為了報復真主黨綁架了兩名以色列士兵。其實雙方軍力根本不成比例，據英國《衛報》（*The Guardian*）七月三十一日的報導，自以色列進行轟炸以來，已有七百五十位黎巴嫩人喪生，其中絕大多數為平民，另有近百萬人無家可歸，黎巴嫩許多城鎮斷垣殘壁，滿目瘡痍，未來二、三十年恐難恢復；以色列的死亡人數則為五十一人，其中平民有十八人。

我問土耳其朋友阿里一個有關身分的問題

我問土耳其朋友阿里一個有關身分的問題：
「究竟你是歐洲人，
還是亞洲人？」

時間：二〇〇六年九月十四日
地點：西班牙東南部的穆西亞城
場合：一個討論文學中國族與身分的學術會議

阿里怔了怔，彷彿無法置信：

「這是政客的問題，
因為政客沒有能力解決問題，
只好不斷製造問題。」

我低頭黯然神傷：
我是個學者
卻問了我的朋友阿里一個政客的問題。

——二〇〇六年九月十四日於臺北

我又問土耳其朋友阿里一個有關身分的問題

我又問土耳其朋友阿里一個有關身分的問題：

「你究竟是亞洲人，

還是歐洲人？」

時間：二〇〇八年四月十七日

地點：土耳其伊斯坦堡

場合：一個討論性別身分的學術會議

阿里怔了怔，沉思良久

最後露齒微笑地說：
「我不必是歐洲人，
也不必是亞洲人，
我可以是地中海人。」

我低頭黯然神傷：
我問了阿里一個政客的問題
阿里卻給了我一個學者的答案

——二〇〇八年四月二十三日自伊斯坦堡飛返臺北途中

擬漢俳十首

二〇〇六年九月十三日乘火車自馬德里南行至穆西亞途中印象

一

起伏的矮山
光禿的灰白
幾棵小樹艱辛地攀爬

二

豔陽晴空
土黃的曠野

萬物無處藏匿

三
曠野可以尋找什麼？
四棵矮樹
沒有姓名戶籍

四
數十座現代風車
玩具般在矮山上搖頭晃腦
不見唐吉珂德瘦削的身影

五

葡萄樹一排排
一排排的風景
酩酊從車窗外列隊馳過

六

幾牆殘壁，幾門斑剝
荒蕪的記憶
生命在雜草中

七

灰土，枯草
葡萄幼樹

夏日最後的身影

八

山腳下突然冒出
灰黃色的小鎮
雜草圍城

九

矮山上一條小徑
在暮色中逶迤蠕動
不知所終

十

暮色中
幾架吊車
吊住天邊的落日

——二〇〇六年九月十三日至十六日於馬德里

四棵樹/李有成攝影

據說從此

——六十初度口占

據說從此

耳順

從此瓦釜

縱非悅耳，卻也不再

擾人

據說縱非行雲流水

卻也從此再無罣礙

或如水月
或如鏡花
據說世事
從此沒有標準答案
據說記憶
只剩下選擇題
答案，甚至只能留空

——二〇〇八年四月十六日於臺北

種族主義辯證法

一、正

他自夢中醒來
天色微明，夢境依稀
一如天邊的一角殘月
月表且為浮雲遮蔽
他記得夢中那座公園
公園中有一種白花
只有一種白花
公園中有一種綠樹

只有一種綠樹
公園中有一種色鳥
只有一種色鳥
他目眩於
公園中白花綠樹色鳥的純一

二、反

他自夢中醒來
天色大亮，窗外大街
混聲吵雜，他聽見
電視新聞擾攘
他記得，過了大街
有一座公園

齊放的花，群芳爭艷
高矮的樹，紛雜的樹種
還有鳥聲啁啾
爭相鳴唱

三、**合**

他自夢中醒來
在夢境與現實之間
躑躅，茫然

——二〇一四年六月二日於柏林旅次

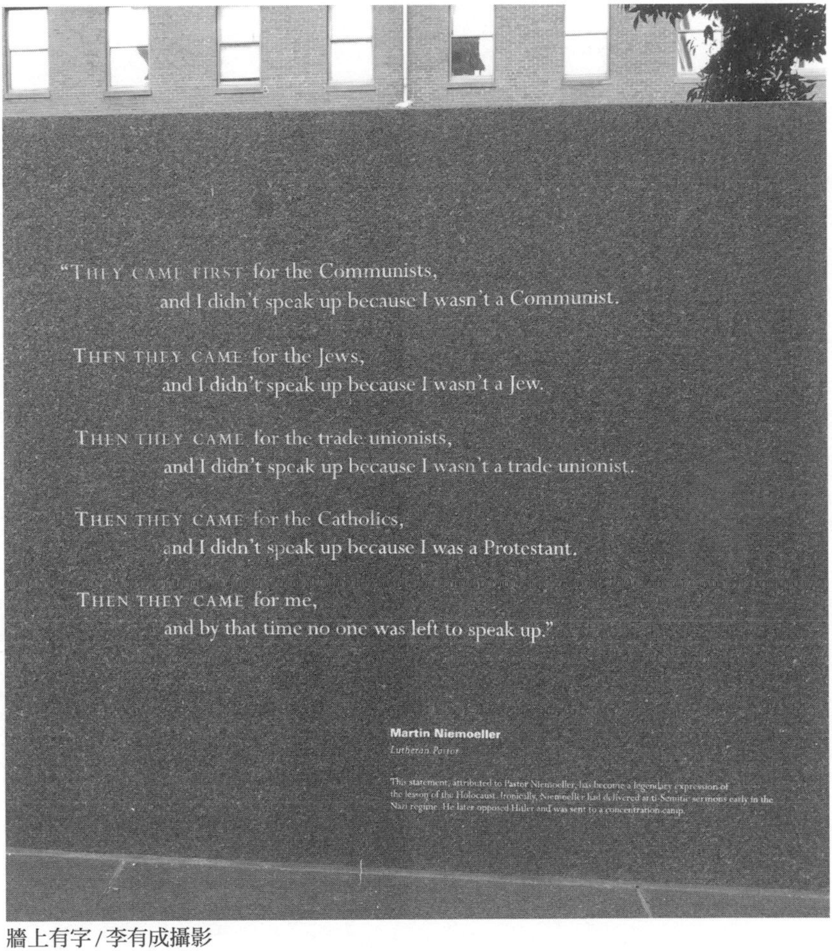
"THEY CAME FIRST for the Communists,
and I didn't speak up because I wasn't a Communist.
THEN THEY CAME for the Jews,
and I didn't speak up because I wasn't a Jew.
THEN THEY CAME for the trade unionists,
and I didn't speak up because I wasn't a trade unionist.
THEN THEY CAME for the Catholics,
and I didn't speak up because I was a Protestant.
THEN THEY CAME for me,
and by that time no one was left to speak up."
Martin Niemoeller
Lutheran Pastor
This statement, attributed to Pastor Niemoeller, has become a legendary expression of the lesson of the Holocaust. Ironically, Niemoeller had delivered anti-Semitic sermons early in the Nazi regime. He later opposed Hitler and was sent to a concentration camp.

牆上有字/李有成攝影

訪馬克思故居

憑一冊薄薄的《特里爾城市指南》
穿過黑城門，穿過
特里爾殘破的羅馬歲月
穿過中心市場廣場
市場十字柱
已經是千年古事
在十字柱下
在市場與教會之間
先生，你曾想些什麼？

布呂克街十號
巴洛克風華依舊
先生，抱歉事前不曾告知
冒昧造訪，並且還以
四歐元，重溫一場紛擾
激盪的舊事——
生前紛擾，死後激盪
先生，倘若你深夜歸來
繞着迴廊走道
在房間與房間之間
空洞的房間
牆上的文字，螢幕上的影像
你要如何辨識

那由文字與影像編織的歷史？

百年人物如今盡成鬼魂
倘若你深夜歸來
萬籟皆寂，只聽見歷史
嘯叫，呻吟
先生，你要如何面對
那眾多生前不曾謀面
死後卻爭相供奉你
以陌生的語言召喚你的
鬼魂？
你要如何辯白
哪些是真知？哪些又是曲解？

你鮮紅的名字
你古銅的塑像
在推擠的歷史浪濤之間，浮沉
有幾分真實？幾分虛假？
你看到的
究竟是你自己？或是虛幻的幽靈？
倘若你深夜歸來，先生
你只能寂寞獨行，那走道迴廊
在房間與房間之間
在瘖啞與喧囂之間
你真能看見自己的身影？
你真能找到自己？

——二〇一四年六月十二日於新加坡牛車水

附記：

特里爾（Trier）為德國歷史古城，建城於兩千年前，曾落入羅馬統治，公元三世紀時還一度短暫成為羅馬帝國的首都，黑城門（Porta Nigra）即為羅馬時代重要遺跡之一。穿過黑城門，可至中心市場廣場（Hauptmarkt），廣場中心立有市場十字柱（Marktkreuz）。一八一八年五月五日馬克思即誕生於距廣場不遠的布呂克街（Brückenstrasse）十號，不過馬克思一家在他出生後次年就搬到黑城門附近的西麥翁街（Simeonstrasse）。一八四九年八月二十七日（或二十八日）馬克思流亡倫敦，至一八八三年三月十四日逝世，終其一生不曾再重返特里爾家門。布呂克街十號在過去兩百年間曾經數易其手。一九七二年，德國社會民主黨購得這棟馬克思誕生的房舍，並闢建為馬克思故居博物館（Museum Karl-Marx-Haus），由弗里德利希・艾伯特基金會（Friedrich-Ebert-Stiftung）贊助與管理，館內除展示馬克思生平事略與其著作外，另以大量圖文和影像敘述馬克思之思想學說過去一個多世紀以來在世界各地所造成的驚天動地的改變。

二〇一四年五月二十九日我趁赴德國西南方的老城薩布呂肯（Saarbrücken）參加學術會議之便，與單德興和馮品佳連袂造訪距薩布呂肯約一個半小時火車車程的特里爾。在參觀馬克思故居博物館時，見館內各項展覽，對百年來的歷史變動感觸頗深，特以此詩略誌其事。此外我另有長文〈看馬克思去〉，收入《在甘地銅像前——我的倫敦札記》（允晨，二〇〇八年）一書，敘二度造訪倫敦馬克思墓園之感想，並旁及馬克思的一生際遇，也可以參考。

深夜訪陳瑞獻於古樓畫室

古樓其實不古
更古的，是停車位間
那棵柏樹
不知在何年月
聰慧的柏樹
彷彿預知日後歲月孤寂
竟自作主張，在艱困中
拔地而起，任性地
要以兩株樹幹

彼此守護，讓枝椏纏抱
要一起茁長，衰老
日夜對看，把歲月看成
綠蔭，在風中
歡笑，在雨中落淚
柏樹孤傲，堅持
竟也自成世界

我們深夜到訪
見柏樹未眠
對來客頻頻致意
二樓畫室燈火獨亮
災劫後的那隻老貓

慈祥地陪主人見客
老貓高壽十七
緣生緣聚，劫波起伏
古樓其實不古
更古的是老貓的故事
牠的睿智，佇守古樓
如柏樹那般誠摯

古樓真的其實不古
更古的，是五十年滄桑
五十年舊誼
如深夜新開瓶的紅酒
每一杯沉澱

都自成新的世界
雖多是舊人舊事
自封塵中甦醒
就像古樓，其實不古
記憶不斷翻新
古樓的世界，畢竟是
求索的世界
歷久恆新的世界

我們深夜到訪
柏樹無恙，只是年長欠眠
老貓親切一如往昔
在畫室踽踽踱步

長年修行，也是深夜不眠
偶然一聲輕歎，似有禪意
要在我們談話的間歇中，標註
五十年的人事，五十年的
天真與世故
藝事不老，在古樓
古樓的深夜
在紅酒的輕漾中
我們——我們一如從前。

——二〇一四年六月二十六日於臺北

附記：

二〇一四年六月十一日深夜十一時許偕單德興與潘正鐳至新加坡古樓畫室(Telok Kurau Studios)訪陳瑞獻。我和瑞獻認交半個世紀，老友見面，十分歡喜。瑞獻待以紅酒，暢飲敘舊，快慰生平。瑞獻畫室有一老貓名卡卡，貓齡十七，為貓中耆老；年前畫室起火，所幸為瑞獻及時救出。多年來我數訪古樓畫室，見老貓身體日衰，心有不忍，當晚竟頻抱老貓留影。是夜談興極佳，欲罷不能，至凌晨三時許方辭別離去，臨行瑞獻以其銅雕《至純頌歌》一座相贈，我無功受祿，備感珍貴。瑞獻多年來慨贈字畫已經不少，此《至純頌歌》銅雕稍有不同，瑞獻有鴻文釋此銅雕之緣由與深意；文題〈至純頌歌之作〉，見於《二〇一三年古樓畫室第十五屆畫展》(*Telok Kurau Studios 15th Annual Exhibition 2013*)專刊封底，轉錄如下，以誌其事：

在古樓畫室的停車場，有一棵柏樹，安詳佇立，數十年來見證這棟房子的租賃變遷。一九九七年，身為首居管委會主席，我協助國家藝術理事會把這棟房子改成一個藝術家工作室聚落，當時我的承包商主張砍伐這棵柏樹，以多設一個停車位。我反對這建議。單獨一棵，穩健生長，剛強，這柏樹有一株獨特的V型雙樹幹，撐起一幅長綠葉蓋。它佇立，一若在東方的象徵義蘊中，代表那種堅韌不拔百折不撓的精神，在任何範疇的追尋者要有所成必備的素質。

此後，古樓畫室的這個地標，在創作中默默予我靈思。在接受古樓畫室現居管委會的邀請後，為新設立的「古樓藝術獎」創作的銅雕獎座《至純頌歌》，意念也是來自這棵樹。風格化了的一束柏樹葉，扣住了兩株連理的V型樹幹，組成一個符號，指陳一隻鳥唱起了歌，歌頌另一隻鳴禽的才情。作為一位藝術家獻給一位同道藝術家的至純至美頌歌，它帶來了認可、榮譽以及同道的情誼。而採自古樓圍域的柏樹葉，依據奧林匹亞山上諸神、偉大演講家與詩人戴着的月桂冠的純粹傳統，將之扎成一束，則象徵智慧、成功與勝利。

附錄一　見證一樁美事

像一首好詩突然添加一個詩眼旋動的轉折

潘正鐳

我、有成、德興、瑞獻，圍坐閑話，我的目光，一直被正對着我的油畫《向陽》牽住。梵谷之後，向日葵總令人着魔於狂野，在藝術的天空，大師的天際線，總挑戰着後來的健兒。老坑翡翠的青綠，隱約在消防紅柑橘黃錦簇葵花之歡天喜地間，瑞獻最新作《向陽》，旺盛勃發的生命顯出靜安玄深的底蘊，大異斷耳之奇趣。畫幅中間大朵紅葵花，白花心一隻正在勞作的蜂雀。

「一隻蜂鳥，一天要採蜜一千次。」近讀Brian Doyle寫蜂鳥之文，形容這幼細小鳥為飛行的珍珠。蜂鳥，陳瑞獻精神與作品的標誌物。

一本重甸甸的大書《正雲樓藏陳瑞獻作品》的版樣攤在畫案上，這本吳學光大宅中的陳瑞獻作品的彙集，編輯工作已近尾聲。藝術家興奮地與客人分享，本可付梓，但印刷廠老闆馮家權叫等一等，新訂的日本最先進的印刷機十月將到位。藝術的創作和欣賞，編書的苦樂，藝術家都當成一項可與人分享切磋的工作。在大家瀏覽「大書」之餘，瑞獻送給每人一冊《陳瑞獻歌集》。

瑞獻談說文字與視覺的韻律常有所聞，至於音樂，我只聽他提過他的第一個志願是當指揮家。他自小被父母從北蘇門答臘的哈浪島送來新加坡讀書，常常要寫家書，逐漸養成對文學語言的興趣。他年少孤單生活，向街角馬來理髮師傅學吉他，模仿貓王皮禮士當六弦琴上的野牛，我也聽過他採摘路邊的葉子吹奏葉笛。知道瑞獻寫歌，卻是在二〇〇七年觀賞宏茂橋聯絡所為詩人歌手秦淮主辦的「顯亮通明文娛晚會——秦淮之夜」，秦淮朗誦和演唱了瑞獻首度發表的詩曲作品《晨歌》，秦淮形容為「大器晚成之類型」。稍後在方桂香主催的《陳瑞獻選集》發佈會上，聆聽文殊中學、中正中學和達善中學同學合唱呈現了瑞獻的三首歌曲創作《晨歌》、《甘地頌》和《黃帝陵》。一晃八年，瑞獻贈送我們的是一本集二十首中英文歌曲的歌集。

有成和德興翻看歌集，雖不感「意外」，還是表驚訝。瑞獻的作品皆是他哲學的一個注腳，從這個角度理解就不出奇了。從詩、從聲調、從節奏、從音韻，他的作品是他心中的天音。他的「傻勁」，一個筆型錄音機，只錄下一首自個哼唱的歌，他以為一個錄音機就只能收錄一首，直到電器店貨品售罄的小弟問明原由後才告訴他，買一個就夠用了呀，大叔！蜂鳥恆在工作，恆在飛行，採蜜，可以不歇飛行五百公里，牠的心臟，每秒跳動十次。邁入古稀，瑞獻恆常鍛煉，走禪，更增加了日爬千級樓梯的數目。他和有成把話頭扯回了六〇年代末七〇年代初文學月刊《蕉風》時期，那是印尼哈浪島漁村小子與馬來西亞吉打班茶漁村小子攜手配合的歲月。一九六九年，馬來西亞姚拓、白垚、李有成，和新加坡的陳瑞獻組成編輯團隊革新《蕉風》，那是第二〇二期。當年我念初中二，在友聯書局買了一本，至今仍珍藏着。雜誌末頁印着：「如果你是一個文藝有心人，那麼，你應該按期注意蕉風的表現。」那是一個滿懷信心和期待的時代。

《蕉風》與新加坡梁明廣主編的《南洋商報・文藝》，為長堤兩岸現代文學開疆拓土的旗幟刊物與副刊。有成主要執行《蕉風》編務，瑞獻是策劃和編寫譯畫邀稿的主力。有成回憶，一連續的「專號」，瑞獻無戰不領軍。瑞獻回笑說，都是年輕人的熱情激情，前後五年，每個月他只領十二元的郵寄費。

有成出生吉打漁村，長於檳城，負笈臺灣之前，擔任《學生周報》和《蕉風》編輯。在出道南下吉隆坡之前，就和瑞獻有書信來往，讀過瑞獻不少富於現代意識的創作，並受啟發。想不到能與瑞獻共事。當時，《蕉風》在文學譯介方面以西方為主，但也開始注意新馬兩地馬來文壇的成就。那一段日子，風氣鼎盛，文壇沛熱。當時環繞着瑞獻的一批創作力充沛的年輕人，以五月出版社為中心，開展具有現代意義的創作空間。他們也是《學生周報》和《蕉風》的作者。

「新的蕉風有新的作風／新的作風代表着蕉風」——這是當年蕉風改革號的

尋求訂閱的旗語。蕉風椰雨，他們的共同理想，的確為新馬文學史立下里程碑。如今依然在藝術與學術的疆域，各有翱翔的天空。把酒話舊，鬢已星星亦如雪也，意氣飛揚，猶若當年。瑞獻說：「有成當年在馬，為現代文學之奮起，與我並肩作戰，情同手足之縛蛟。」「我還是會回來寫詩的。」有成說。

臨別一刻，像一首好詩突然添加一個詩眼旋動的轉折，瑞獻拿起擺在書桌上他於去年雕塑的白玉般獎座《至純頌歌》，頒給老友有成：時為二〇一四年六月十一日古樓陳瑞獻畫室，淩晨三時，我和德興見證了這樁令人動容的美事。有成深受感動不已，不是嗎？來自同行的讚美最難得，大胸懷，大氣度。瑞獻向有設立「陳瑞獻創作獎」宿願，以創作者之至純頌歌讚美另一位創作者之才情與成就。他嘗言，身為詩人，倘若戴高樂稱你善詩，你固感激，唯當但丁稱你善詩，你必深為感動，蓋同人之讚美乃至正至純至高。

（瑞獻說：「當晚持《至純頌歌》贈予有成，乃讚頌有成之才情與大成，可謂我授獎之啟端。」有成說：「陳瑞獻創作獎之議極佳，盼能早日實現。」

這兩句話，是摘自他們分別予我的電郵。這已屬後話了。）

夜深沉夜無風，車子開動時，德興眼銳，指着夜黑中的柏樹，我即回應這就是《至純頌歌》的原型。有成和德興立刻下車，好似要回到作品的初始，全是出人意表的興奮。我決定調度車子，打高燈，方便兩人拍照。坐在駕座上，靜觀，凌晨三時許，兩位教授，一位藝術家，一棵幾乎是趙州和尚的化身而自在地看着熱鬧的柏樹，算是古樓異景吧。這齣展現在我面前的「實景默劇」，牽動了感動之弦，竟也慢慢牽動了我的眼角，更不說在畫室裏，聽着述說遠來的歷史浪濤那淘不盡的半個世紀的革命情誼。

附錄二　古樓庭前柏樹子

單德興

僧問趙州從諗：「如何是祖師西來意？」師云：「庭前柏樹子。」

抵達古樓時，已是子夜時分，微雨，熟門熟路的正鏞下車，拉開鐵柵門，將車駛入，停在樓下。有成和我下車，在黝黑的夜色中，並未注意到一旁有任何植物。

一行人拾階而上，來到二樓，按門鈴，沒有回應，於是正鏞打手機，聽到室內電話鈴響，只見畫室主人開門，滿臉笑容，高聲前來迎接。一塊出現的高齡十七歲的母貓，自顧自地緩步巡行於自己的地盤，懶得搭理訪客對她的招呼，一副「客」力於我何有哉的模樣。也難怪，換算成人的年齡，她已是八、九十歲的長老了。

先前數度前來古樓畫室，每次都抱着參訪善知識的心情，因為畫室主人陳瑞獻不僅是遐邇聞名的多媒體藝術家，也是修持佛法多年的老參。同行的正鏞早年以一篇討論他禪畫的文章深獲其心，氣息相通，論交多年。有成則與主人同為五十年前的馬來西亞文青，致力於文學創作，引介現代文藝思潮，既要面對主流社會對華人的多方打壓，也要與左派文藝人士筆戰，同甘共苦的情誼非比尋常，而當年的文藝活動如今已成為馬華文學與文化史不可磨滅的一章。

我與主人的交往始於文字因緣，未謀面前便讀過臺灣版《陳瑞獻寓言》，從好友張錦忠的博士論文得知他在馬華與新華文學與文化的重要地位，也從與有成日常閒聊獲悉兩人深厚情誼，以及瑞獻在多方面的創作才華並精進修佛，驚訝於一個人的才華竟能如此多樣且持久。等到親見其人，更感受到他熱情待人，坦誠相見，以致一向敬老尊賢的我竟破例沒大沒小，直呼其名，顧不得高攀之嫌。

回想先前來訪的點點滴滴：承蒙在古樓畫室以數十載陳年普洱款待；說明

如何以世界奇觀泰姬瑪哈陵的技法，要求他為牛車水地鐵站月台地面所寫的書法必須深入地底；呈現華人先民開疆闢土的地鐵牆上彩繪特地遠在英國燒製，嚴控品質；如何以山河大地為素材，在山東青島創造出世界第一座大地藝術館「一切智園」；要相熟的店家連剖幾個不同品種的榴槤，一臉笑意地看着我初嚐榴槤，問我味道如何；帶我到專門收藏他藝作的私人藝術館體驗人境合一；見識美食家的他如何品嚐法國紅酒與美食，並指點主廚……致贈的畫冊與著作更令人驚訝於創作者之早慧、生命之豐富與創意之充沛，將人生、藝術與修行合而為一，盡力發揮眼耳鼻舌身意的功能，悉數收入自身的無盡藏，隨時可轉化為藝術的資源與動力，不僅印證了佛家「工巧明」之說，也不得不令人相信「宿慧」之說應有其根據。我曾想將兩人的談話錄音下來，但一方面他謙辭，笑稱不值得如此，另一方面我想到打禪七、聽禪師開示時，連筆記都不准，遑論錄音，於是秉持禪修的模式，全身心投入，充分體驗當下一刻，珍惜一期一會。

趙州禪師要參訪者「喫茶去！」，畫室主人則邀我們「來喝酒！」，並為有成和正鐳倒上紅酒，我則以「白乾」（礦泉水）相陪，隨即天南地北聊了起來。話雖天馬行空，卻非無跡可循，意識流般一個話題緊接另一個，彷彿要把未見的這些時日的重要見聞在短短相聚中盡情彌補，貫穿其中的則是多年的情誼與默契。主人的嬉笑怒罵有如禪師般大開大闔、殺活自在，令聽者的心情隨之起伏。

最令人動容的就是不久前古樓失火，身為新加坡國寶的他奮不顧身衝進火場，不是為了搶救多年畫作，而是為了抱出老貓卡卡，只因「她也是一條生命」，護生之心竟致他不顧個人安危至此，實所罕見。曩昔南泉斬貓是以霹靂手段破人執着，遠離顛倒，今日瑞獻蹈火救貓則示現敬生護生，眾生一體。

另一例則是主人身為古樓管理委員會主委時，要求開發商變更停車場設計，以保留原有的柏樹，因事有「先來後到」，怎可為了多加一個停車位而砍掉多年的「原住民」，終能兩全其美。

主人與柏樹朝夕對望，靈犀相通，以致在期限下要設計出《至純頌歌》銅雕獎座時，竟然在持咒時柏樹現跡，於是將「風格化了的一束柏樹葉，扣住了兩株連理的V型樹幹」，設計出「象徵智慧、成功與勝利」的獎座，作為對「同道藝術家的至純至美頌歌」。此事看似靈異，但持咒時身心本就比較安定、敏感，易有靈感，將多年朝暮相望的柏樹轉化為獎座，也不違常理，更是當初護樹留下的善因緣。有成將近作《離散》持贈瑞獻，主人回贈《至純頌歌》以示歡頌，令有成喜出望外。

時間在談笑中飛逝，不知不覺丑時將盡，雖無雞鳴，但天明各有行程，只得珍重道別。主人送我們下樓。車子正要駛離時，在暗夜中看到牆邊有樹，形狀與獎座相仿，急忙詢問正鐳，果然是柏樹本尊。有成和我立即下車，用相機和手機在有限的光線下拍照。正鐳特地開亮車燈，增加光源。主人在旁看我們忙得不亦樂乎，不禁莞爾。我對相機拍攝的黑白影像不甚習慣，出示於瑞獻，他竟讚聲嘖嘖，表示黑白乃攝影本色，拍攝夜景殊為不易，並指出某些照片中的柏樹造形有如「黃山一松之同心」，連同一籬笆垂直鐵條，狀如海神波賽頓手中的三叉戟，某張映照在牆上的樹影肖似十九世紀美國名作家坡（Edgar Allan Poe）的右側影……我對他的反應之快、聯想之廣、解說之精佩服不已。

有人問趙州和尚：「如何是祖師西來意？」答：「庭前柏樹子。」成為歷代參究的公案。後人詩云：「庭前柏樹子，分明向君舉」，但須有會心解人才能相應，揭示其中奧秘。人傑地靈的古樓畫室「翠柏庭前演妙機」，凡夫俗子不識其中深意，須獨具慧眼之人點撥方才省得。

此番南來獅城，既重續舊誼，也開展新緣。為我們見證的，正是古樓庭前柏樹子。

附記：

今（二〇一四）年六月十一日深夜造訪陳瑞獻，返臺後有成以〈深夜訪陳瑞獻於古樓畫室〉一詩誌其事，情真意切，令人激賞。瑞獻對我傳給他的幾批柏樹照片有底下的評語，十分精采，令我慚愧不識自家珍寶，須有心者開示才能了然：「德興，照片多幀敬收，至謝。今人濫用人造光，造成光之污染與浪費，黑夜刷白，候鳥陷網，熙戴晝宴，雲雀誤時以歌。是故攝夜景以省光為挑戰，俾眾星甦醒，銀河複流，尋索黑暗原色因乃詩人責任。仁弟是晚以囊螢映雪之光攝V幹柏，令有成詩中意象及靈見盡皆顯型，誠通詩心之佳構也。第一批第一張概以灰黑平塗V樹幹於灰牆，令造化之功聚焦眼底，遂知此V柏之對望可比美黃山一松之同心。而V型正中適現一籬笆垂直鐵條，組成海神Poseidon之Trident，此三叉戟之像同時顯於第一批第三張與第二批第一張整體樹身上，亦一奇也。第一批第二張構圖由右上角向左下角以黑白對角割開，右上邊樹葉隱Poe之右側面，右眼蓋一左飛之鴉，右下葉沿停掛另一背向之禽，Poe參與吾四友夜敘，蓋如Frost言固認識夜晚之人，有此良聚。多幀中白牆有燈箱效果，貼於其上之黑影疑為箱中皮影之透出，復因觀者未知正鏞引照車燈之高妙，更疑牆對面確有一樹，依天光而委影於牆矣。有成與卡卡惜別一幀，角度鳥瞰，詩人惜生，竟如是撼人心胸。此頌慧安，瑞獻。」本文為附驥之作，權充有成詩作註腳，並記這段人樹奇緣。

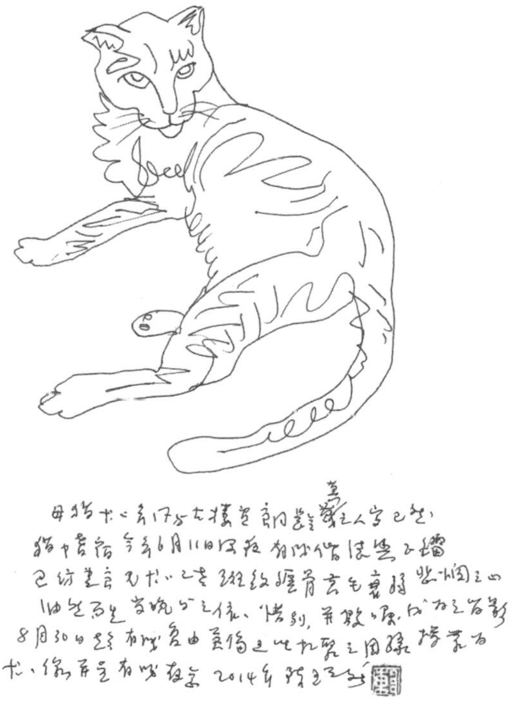

老貓卡卡／陳瑞獻素描

和張錯詩〈夏蟬〉

都已經入秋了
我帶着巧巧行經大安森林公園
夏蟬寂寂
猶如襤褸的蟬衣
與落葉同化
與枯草同衰
再聒噪，再喋喋不休
再知了知了
也就那麼一季

盡情地為夏日鳴唱
待聲嘶力竭，曲終後
隨草葉身亡，廣陵散絕

不若公園外的世界
不分四季，也不分晝夜
年月重覆着年月
絲毫不覺得厭煩
咆哮，嘶喊，狂吼，厲叫
空洞的聲音，空洞的人
夏蟬再怎麼聒噪，再怎麼喋喋不休
再怎麼知了知了，牠們
眾聲和鳴，讓歌聲悠揚

要喚醒午眠的公園
要忘掉公園外的世界
那令人煩躁的喧囂

宛若那紅衣主教緘默的聲音
嚴守告解的戒律
管他是真誠懺悔或是事後悔恨
事關皇后的貞潔
那聲音只能換成沉默
即使皇帝以死相脅
寧可被判刑，身殉查理大橋下
皇后的秘密
必須深埋伏爾塔瓦河河底

只剩下紅衣主教的銅像
佇立在查理大橋上，緘默依然
望着河水湍流，歲歲年年

我帶着巧巧路過大安森林公園
夏日蟬聲已寂
但見松鼠三三兩兩
在枝椏間追逐秋光
而在遙遠的布拉格
在伏爾塔瓦河上的查理大橋
紅衣主教仍然選擇
無語。

——二〇一六年十月十一日於臺北

附記：

張錯的詩〈夏蟬〉刊於二〇一六年八月八日《聯合報・聯合副刊》，其詩中用典紅衣主教指的是臬玻穆克的聖若望（St. John of Nepomuk），據說他因抗拒向波希米亞（屬今日捷克）皇帝瓦茲拉夫四世（Wenceslaus IV）透露蘇菲雅皇后（Queen Sophia）的告解內容而被處以極刑，從查理大橋（Charles Bridge）丟進伏爾塔瓦河（River Vltava）沉河而死，時在一三八三年（一說一三九三年）。主教殉道後獲得封聖，一六八三年查理大橋豎立起首座主教的塑像，頭部有聖者光環，光環上有五顆星，代表拉丁文 tacet 的五個字母，意指「緘默」。主教因其殉道的原因而被尊為反誹謗的守護聖者。本詩提到的巧巧乃我家馬爾濟斯小狗，甚得張錯寵愛。

聽蟬 / 李有成攝影

病中雜詠

一

我胸中荒茫彷如曠野
並無太多積墨
秋芒寥落，恐難成章
何況世事蒼茫，心已淡然
就像畫中留白
既無怨懟，更少了仇隙
既是這樣，只是不解
這咳呀咳的咳咳咳

究竟還能咳出什麼？

二

究竟還能咳出什麼？
難道一頭霜白還不夠？
白日昏沉，夜裏少眠
這半生有如江河奔流
波瀾起伏，怪石嶙峋
雖無險阻，卻也崎嶇難行
旋渦處處，將歲月沉埋河底
這咳呀咳的咳咳咳
難不成要把歲月咳醒？

三

難不成要把歲月咳醒？
要咳醒那封塵的記憶
在輾轉難眠的夜晚
看人影幢幢走過
熟悉的人影，疏落的故事
自遠方模糊走來
記憶的縫隙越來越大
要如何填補
要如何像念珠般串起意義？
只是這咳呀咳的咳咳咳
究竟能喚醒多少記憶？

——二〇一六年十月十四日於臺北

舊事/李有成攝影

迷路蝴蝶

一隻褐色的蝴蝶
飛落在我的外套長袖
靜立不動，要陪伴我
在繁忙的捷運上
三個小孩，圍立在我的座位前
好奇地對着蝴蝶指指點點
或許這是第一次
那樣親近微弱的生命

傍晚開往臺北的淡水線
擠滿乘客，剎那間
這隻蝴蝶，彷如奇蹟
將車廂點綴成一片荒野
廣袤的草地，花樹枝椏伸展
風輕柔輕柔地吹
連綿的秋芒，彎腰，擺首，搖曳
在秋陽下，無數蝴蝶嬉戲，翻飛
那三個小孩，蝴蝶
為他們稚嫩的疑問
不斷扇動雙翅
一開一闔，一闔一開
心中滿是迷茫與困惑

我坐在博愛座上
對眼前的景象，不解
也不知如何應對
我也曾像這三個小孩
對這個世界滿懷驚奇
心中也有過許多荒野
既有朝露，還有餘暉
更有蝴蝶、蜻蜓、雀鳥
歡樂無憂地鼓翅翩飛
蚱蜢從草地躍起，驚動
四周平靜恬適的生命
草樹翠綠，野花色彩斑斕
一個相倚共生的世界

蝴蝶在我的外套衣袖停留
始終不願離去
莫非要我帶路，迷路蝴蝶
忘了記憶中的家園
在陌生的城市，孤獨，恐慌
找不到回家的路
向我求助，跟隨我
要我帶牠回家
只因為我心中還有許多荒野
微風徐徐吹拂，清澈的流水
潺潺，岸邊的蘆荻
小樹歌舞，花草低聲歡唱
自然的律動

如今卻換來令人哀傷的
鄉愁。蝴蝶鼓動雙翼
要召喚家園的記憶

那三個小孩隨着一位老婦
在東門站下車。「蝴蝶，再見。」
小女孩說。我抬起手來
小心翼翼，讓蝴蝶跟他們道別
這城市沒有荒野
這城市不老
只是漸漸失去記憶
這城市讓蝴蝶找不到
親人，找不到

那條引領牠回家的路

「下一站，大安森林公園站，左側開門。」
車廂裏乘客逐漸稀落
我揹上背包，揹上蝴蝶
沉重的鄉愁，步出五號出口
走進大安森林公園
夜色漸暗，在公園暈黃的路燈下
我輕捏蝴蝶的雙翼
然後放手，看牠奮力展翼離去
我也漸漸失去記憶
漸漸忘了我的荒野
我的家園。「迷路蝴蝶

請記住我，下回再見
請告訴我如何回去。」

——二〇一六年十一月十三日於臺北

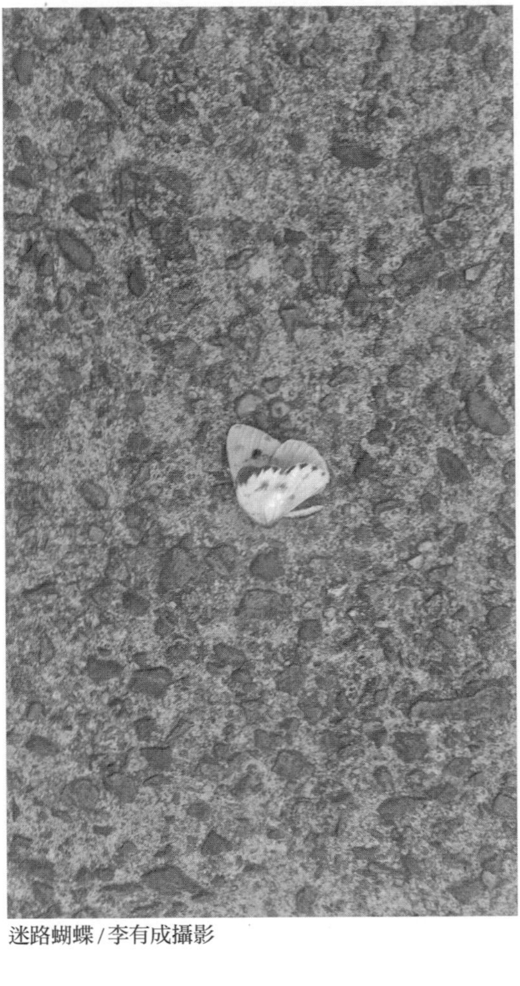
迷路蝴蝶／李有成攝影

記夢一則

他忽然站起身來
在機艙裏來回走動
急切地尋找
他的行李

大箱小箱的行李
收藏着他或遠或近的
記憶。

只是他甚至記不起
是否帶着行李
他只能頹然回座
機聲轟然
他在黑暗中啜泣

——二〇一六年十一月十九日於臺北

讀阿多尼斯的〈奧德修斯〉有感

「我是奧德修斯。」
你這樣回答阿爾克諾斯
答案如無邊無際的大海
搖晃船上滿載的鄉愁
風帆破舊，船板剝離
在夕暮中身老。你的名字
寫在水上，寫在風中

「我是奧德修斯。」

十年鏖戰，十年海上
心老江湖。所有的殺戮
所有的猜忌與爭執
城樓坍塌，哀嚎傷天
一時刀光劍影。你的名字
寫在火裏，寫在血中

「我是奧德修斯。」
有人吟唱你的名字，吟唱
你的顛沛，如何晦澀，離奇
你的疲憊，又如何教你猶豫
「我不知道我該留下或者回家。」
流離像一場夢。你的名字

寫在淚中，寫在歌裏

「我是奧德修斯。」
你這樣告訴阿爾克諾斯
燈火照亮歡宴，你要如何開口
如何掩飾你的倦怠與無奈
要一艘可以劃破霧靄的船舶
航向親愛的旖色佳。你的名字
寫在霧裏，寫在夢中

——二〇一六年十一月二十日凌晨於臺北

附記：

敘利亞詩人阿多尼斯（Adonis）旅居法國多年，先是流亡黎巴嫩，隨後定居巴黎，近年來一直是諾貝爾文學獎的熱門人選。其早期詩集《大馬士革的米赫亞爾之歌》（*Mihyar of Damascus: His Songs*, 1961）中有一首題為〈奧德修斯〉（"Odysseus"）的短詩，英譯版僅得十五行。全詩採對話形式，主角分別為費阿齊亞國王阿爾克諾斯（Alkinoos, King of Phaeacia）與奧德修斯，其主題涉及外邦人的身分與如何悅納他者的問題。兩人對話所本應出於荷馬史詩《奧德賽》（*Odyssey*）第七與第八章。話說因木馬計成功造成特洛邑（Troy）淪陷，特洛邑戰爭（the Trojan War）結束，之後奧德修斯在海上流浪十年，在回返家鄉旖色佳（Ithaca）的最後旅程，雅典娜（Athena）以迷霧將他罩住，引領他來到阿爾克諾斯的皇宮，現身國王與皇后跟前。阿爾克諾斯與其族人並未參加特洛邑戰爭，不識奧德修斯，因此阿爾克諾斯一再追問來者何人。在阿多尼斯詩中，國王這樣詢問奧德修斯：

「你叫什麼名字——

你背負的或拋棄的是哪些旗幟？」

據荷馬史詩所敘，此時皇宮正舉行盛宴，祭獻給海神波賽頓（Poseidon）。奧德修斯向國王透露自己的身分，並向國王求助，希望阿爾克諾斯賜以船隻，助他回返旖色佳。阿爾克諾斯同意所請，允諾翌日提供船隻送奧德修斯回家。宴席上年輕的費阿齊亞人因對奧德修斯一無所知，竟頻頻向這位外邦來客挑釁，要與奧德修斯一較身手，不過卻一一為奧德修斯所敗。席間有盲詩人德莫杜克斯（Demodocus）吟唱特洛邑戰爭遺事，包括奧德修斯與阿奇力士（Achilles）之間的爭執。十年鏖戰，英雄漸老，再加上十年海上飄泊，夢斷故園。阿多尼斯在他的詩中甚至最後讓奧德修斯對阿爾克諾斯坦誠說道：

「我不知道我該留下或者回家。」

旨哉斯言。對多年離散巴黎的阿多尼斯而言，〈奧德修斯〉一詩所寄託的顯然是自我生命的寫照。

在辛波絲卡墓前

這裏躺着一位如括弧般
老派的女詩人

——辛波絲卡，〈墓誌銘〉

一

計程車司機接過字條
瞄了一眼，輕聲問說：
「辛波絲卡？」
克拉考夫，年華漸衰的

老城，教堂一百五十座
記憶處處的中央市集廣場
更有辛德勒的工廠
只為了留住那段悲愴的傳奇
我們卻獨獨要去尋訪
一座古老的墓園

拉考維斯基，古老的墓園
一八〇三那一年之後
波蘭激盪的歷史，壯闊
猶如一齣齣的悲劇
先後在這裏躺下
在眾多高聳的老樹之間

躺下，只有風輕聲拂動
樹梢上歲月的哀傷

二

我們也輕聲尋覓
在拉考維斯基，在錯落的
墓碑之間，怕喚醒
波蘭百年沉睡的傷痛
更無意驚擾
克拉考夫高貴的女兒
那謙卑的歸宿

謙卑，一如墓地四周的

灰白碎石，常明燈
數盞，或明或滅
花樹數盆，質樸地
綻放，有幸常伴
克拉考夫著名的市民
那個以半個世紀，把波蘭的
日常生活抒寫成詩的名字

三

沒有碑銘，沒有頌詞
詩人最後的家園
只留下姓名與生卒年
那些碑銘與頌詞

早已經刻在詩裏
那些讓波蘭豐饒的詩
教波蘭歡樂與哀慟
在街頭，在廣場
在課堂上，在咖啡屋裏
在不同文字，不同世代之間

「但是究竟什麼是詩？
自這個問題初被提起，跋前躓後
殘缺的答案何止一個。」
詩無定法，詩人歸去
也如日夜交替，四季循環
依自然規律，橫遍十方

再也沒有憂傷，沒有歡欣，沒有罣礙
名相塵土，在拉考維斯基
除了微風拂動，樹葉低吟
再也沒有別的聲音

四

我們自亞洲來
詩教我們相信
數千哩的距離，彷如
枯葉一片。平凡的事物
清脆，神秘，也像聲聲枯葉
可以引發想像
可以體察生命的律動

也可以看盡歷史的嬗遞

在餘暉中我們離去
墓園裏除了風動
所有的紛爭偃息
所有的仇恨、懼怖與歡愉
都平靜地躺下，像落葉那般
沒有聲息地躺下
辛波絲卡，詩的公民
在古老的拉考維斯基
寫下樸素的最後一首詩
再也無須窺測命運，靜靜地
平和地，躺着。

——二〇一七年一月四日晚於臺北

附記：

二〇一六年六月下旬赴華沙參加學術會議，會後主辦單位安排有文化之旅，至波蘭古城克拉考夫（Kraków）參訪。六月二十六日，即抵克拉考夫第二天，上午我們搭車赴奧許維茲（Auschwitz）集中營參觀，遇傾盆大雨。午後放晴，回到克拉考夫時天色尚早，我、單德興及熊婷惠叫了部計程車，請司機帶我們到拉考維斯基墓園（Rakowicki Cemetery）造訪詩人辛波絲卡（Wisława Szymborska）埋身之地。墓園位於城南，佔地二十六公頃，初建於一八〇〇年，三年後啟用，當時克拉考夫仍屬奧匈帝國領地。在波蘭的歷史與文化中，拉考維斯基墓園實具有重大意義，為不少革命志士、作家、詩人、學者、藝術家、科學家、宗教人士，及一戰與二戰陣亡者安息之地。一九二三年七月二日，辛波絲卡出生於波蘭的中部小鎮庫爾尼克（Kórnik），一九三一年舉家遷居古城克拉考夫，一九四五年曾入當地的阿捷隆大學（Jagiellonian University）就讀，初習波蘭文學，後改治社會學，可惜因經濟問題未克完成學業。由於克拉考夫是歷史古城，教堂眾多，二戰時雖被納粹佔領，卻能倖免被炸。辛德勒（Oskar Shindler）在納粹佔領克拉考夫期間，曾經接下此地一家瑭瓷工廠，因而拯救了上千猶太人。當年的工廠目前已改建為美術館與博物館。辛波絲卡一生即以克拉考夫為家，二〇一二年二月一日因癌症在睡夢中辭世，享年八十八歲，據說去世前猶忙於整理新詩集準備出版。辛波絲卡於一九九六年榮獲諾貝爾文學獎，不過她並不是多產詩人，一生僅得詩作約三百五十首。有人問她何以創作不多，她回答說：「我家裏有個垃圾桶。」辛波絲卡的詩主清暢，語言淡雅，其微言大義多來自日常生活與平凡事物；她另有若干作品涉及歷史經驗，視野寬闊，饒富諷喻。諾貝爾文學獎委員會讚譽辛波絲卡的詩「以諷喻的精確性在人類現實的片段中呈現歷史與生物的脈絡」，似乎隱含此意。

尋訪辛波絲卡之墓可說大費周章。至拉考維斯基墓園後，我們三人即分頭來回尋找，耗時不少。原來辛波絲卡之墓不立墓碑，一眼望去自然難以辨識。

幾經努力最後我們才發現，其實她的墳墓只在上方刻有她的名字與生卒年，此外別無其他文字與裝飾，簡單樸素，果然可見其詩人本色。辛波絲卡歸葬處是個家族墓穴，其骨灰與父母者合葬，因此墓上另外可見其父母名字。詩人的葬禮正值二月嚴冬，天寒地凍，雪花紛飛，從總統、政要，到詩人、作家，到販夫走卒，送葬者有數百人之多。據說除少數熟人外，辛波絲卡晚年拒不見客，專心一意創作與整理詩集。如此說來，冠蓋雲集的葬禮恐怕也出乎她意料之外。又，本詩第三部分第二節開頭所引三行詩出自辛波絲卡的〈某些人喜歡詩〉（"Some People Like Poetry"）一詩，此處據英譯版譯出，特此聲明。

石頭記

——三訪京都龍安寺方丈庭園

一整個下午，無風，無雲
油土牆外眾樹屏息
冬日暖暖，從樹梢斜睇着眼
看我與石頭對視

油土牆盡責地為我們阻隔
所有的言語與姿勢

除了腳步輕聲，方丈室外
時間靜止，萬物空寂

枯山水其實不枯
細砂滾滾，漣漪處處
渦流繞着石頭
漾起千層歷史與傳說

我與石頭對視
石頭緘默，朝我微笑
我看着石頭浮沉
忽隱忽現，若隱若現

主石數塊，最終對我皺眉：
「這人究竟怎麼了，
都來過不只一次了，
還那麼魯鈍、執着？」

枯山水真的不枯
宛如石頭的離奇身世：
哪座山出身？哪條溪流成長？
記憶模糊，彷彿回到室町時代……

十五塊石頭，大小不一
橫臥，直立，伏地
虛空無盡，究竟還要說些什麼？

一整個下午我們就這樣對視

——二〇一七年一月十九日晚於臺北

附記：

二〇一六年十一月下旬因事赴京都，二十一日午後特地再訪龍安寺方丈庭園——即俗稱的石庭。這是我十餘年間第三次到訪。雖是十一月底的嚴冬季節，這一天天氣意外晴和，龍安寺訪客不多，人少時竟只剩下三幾個人，十分難得。據考方丈庭園初建於十六世紀室町幕府末期，為富藝術才華之僧侶所作。庭園東西長約二十五公尺，南北寬約十公尺，由一土砌矮牆將外界阻隔。此庭園不借一草一樹，主要由十五塊石頭、白砂及苔蘚構組而成，初心簡約，遠近有致，因而自成秩序，向被視為日本特有的枯山水——即沒有水的山水——代表作；其構組方式、美學乃至於意境歷來頗多臆測，說法紛紜，沒有定論，久而久之似乎另成公案。

冬日清晨訪京都本能寺

一

設想此刻明智光秀率領兵馬
就在人來人往的寺町通
本能寺大門外
日蓮聖人手持經文
高高在座臺上一旁俯視
黑木大門靜寂，遠處的正殿
杳無人聲。石燈籠光滅
銀杏樹葉悄然落盡

這是冬日清晨。

二

這四百多年的折騰，四百多年的
謎，該如何解開？故事流傳
真相未必。驚天動地的那一天
天正十年六月二日
那一刻天將破曉
本能寺外人聲喧鬧，戰馬嘶鳴
明智光秀也曾領軍上萬
風颳得火把晃動
桔梗家紋旗幟噗噗飄揚
他記得，就在數日之前

愛宕山連歌會上發句吟誦：
「時當五月天，細雨紛飛」
但此刻已是六月，天乾地燥
連夜奔波，內心也燥熱不安

歷史會怎麼記載？
後世會如何臆度？
眼前這幫子弟兵要給些什麼說法？
又要如何面對織田信長？
從坂本，到龜山，一路轉進京城
一路奔忙，一路忐忑
只因世事詭譎，命數難定
像琵琶湖水波洶湧，湖岸遼闊

湖水究竟要奔向何方？
這世道潮流又會如何激盪？
所有的恩怨當真會蕩漾化開
就像漣漪那般？

歷史要怎麼說？
信長在睡夢中會怎麼想？
桶狹間合戰，清州會盟
「天下布武」，天下就該
腥風血雨，殺戮連年？
比叡山燒討，延曆寺盡歸灰燼
三千僧眾就該命如草芥？
本願寺烈焰，神佛焚身

三萬僧俗都該活成餓殍？

倘若信長從夢中醒來
就像此刻，家臣不在
隨侍數十人，莫非天意？
抑或另有安排？倘若
他醒來發現，那桔梗家紋飛揚
他要如何說服自己？
難不成最後只能慨歎：
「無關是非。」然後再歌一回：
「人間五十年……」

歷史該從何說起？

歷史，猶如銀杏落葉
在暗夜大雪中紛飛
雪融後，只見敗葉寒枝
看信長在火焰狂舞中
漸漸隱去，在殺伐吶喊中
一步步將命運合上
像合上一部墨汁未乾的史書
合上所有的功過，是非
所有的絢爛與荒涼
那一瞬間，他究竟怎麼想？
果然只剩下那麼一聲嗟歎？
棟樑頹圮，木柱頃間
坍塌，他究竟在想些什麼？

四百多年的折騰，四百多年的
緘默，世事喧囂
熊熊火焰總不肯冷卻
歷史燃燒，像那天清晨
天色朦朧，在人聲沸騰中
二十年戎馬倥傯，隨烈焰濃煙
在風中飛舞，搖晃，如泡影幻象
那一刻信長會怎麼想？

三

設想明智光秀此刻來到寺町通
本能寺人聲寂寥，正殿外
兵馬悄然，冬日清晨

正殿後信長公廟前
石燈籠光滅，石階沉寂
信長長歎無語
四百多年的嘈雜——
依然無語。

——二〇一七年八月十三日於臺北

附記：

天正十年（一五八二年）陰曆六月二日，以「天下布武」矢志統一日本的織田信長夜宿京都本能寺，輕車簡從，隨員僅三十人左右。這一天拂曉時分，其麾下愛將明智光秀率領兵馬萬餘人包圍本能寺，信長箭傷，見大勢已去，在烈焰中切腹自盡，事後遺體卻遍尋不着，而其一統日本之宏願也因此功敗垂成。兵變十一天後，明智光秀在山崎合戰中為信長另一愛將羽柴秀吉（日後的豐臣秀吉）所敗，在逃往近江時被村人殺害。此即日本戰國史上有名的本能寺之變。此次兵變影響深遠，不僅改變了日本歷史，甚至間接衝擊了整個東亞歷史發展的進程。本能寺之變疑雲重重，歷來的討論多集中在明智光秀的叛變動機，只是眾說紛紜，治絲益棼，至今並無定論。這首詩重心不在本能寺之變的細節與明智光秀的謀反原因，那是歷史學家的工作。我的主要關懷毋寧是歷史的詭譎與世事的無常。詩中提到明智光秀在愛宕山連歌會上的發句，原文是：「時は今あめが下しる五月かな」。織田信長自殺前曾經慨歎道，此事「無關是非」，原文為：「是非に及ばず。」此外，信長向來喜愛吟唱幸若舞的曲目〈敦盛〉，「人間五十年」為此曲目中之歌詞。傳說信長在令其一戰成名的桶狹間合戰前吟誦的即是這段曲目：「人間五十年，與天地相較，如夢又似幻，有幸來人世，豈能永不滅？」信長死時得年四十九歲。

今天京都寺町通所見之本能寺當然為日後所重建，寺前有一木製告示述說本能寺的歷史，其中文說明如下：「本能寺作為法華宗本門流的大本山，於一四一五年由日隆上人創建。本寺因一五八二年，織田信長受到明智光秀的襲擊（本能寺之變），在寺內拔刀自盡而聲名遠播。當時，有三十餘所寺舍構成的大寺院在大火中化為灰燼。之後根據豐臣秀吉的都市規劃，於一五八九年遷移至現址進行了重新修建，然而在江戶時代後期遭遇天明、元江大火，殿堂盡數燒毀。現在的正殿是一九二八年重新修建的。」現今本能寺正殿後有一信長公廟，據說為信長之衣冠塚。

倫敦尋舊居不遇

不是沒有事情發生
夏日午後的街道
一陣風颳起，公車站仍在
二〇二路公車正好靠站
火車站新添了驗票機
跨越主幹道的陸橋
仍然盡責地平躺着。看來
不是沒有事情發生
街角的炸雞店不知何時不見了

旁邊多了一家做外帶的中餐廳

我怎能期待沒有事情發生？
譬如說，夏日午後
在曾經熟悉的街道旁
我滑着手機，居然
向谷歌地圖問路——
記憶發生了什麼事？
二十年前沒有谷歌地圖
我的記憶，何時偷偷地
躲進谷歌地圖裏？

果真不是沒有事情發生

在一個夏日的午後
譬如說，道路兩旁的住家
竟然也貼上剝落的春聯
少了橫批，紅紙泛白
只為了留下斑駁的回憶
前庭的花園，鋪成了
水泥地，牆角的花圃
枝幹粗壯的玫瑰花樹
正以不同顏色盛放，一如
二十年前。

我來回踟躕，在熟悉的路旁
卻又不是那麼熟悉

我的記憶，像久旱漸枯的草地
我的記憶，也曾生機勃發
柔和，綿密，綠油油地
過了二十年，在一個夏日午後
再也找不到回返舊居的
足跡。我的記憶
原來一路上殘忍地將我遺棄

不是沒有事情發生
政黨不是早已幾番輪替？
新工黨已經不新
保守黨換了女性當家
國會忙着辯論如何脫歐

英語更因此增添了不少新詞
一切那麼似曾相識
這世界不是沒有事情發生
我的記憶何以要那麼悲愴
——悲愴地堅持？

——二〇一七年九月一日從洛杉磯飛往波士頓途中

尋 / 李有成攝影

夏末大安森林公園聽蟬

……終於，蟬聲漸漸疏落
不捨地悄然告別
這滿園新綠，滿園的
陽光，蟬聲終將隱去
在週日清晨，在大安森林公園
我和巧巧靜坐在長椅上
悲傷地聆聽夏日的安魂曲
如何留下最後的記憶

眾樹默默，枝葉哀聲輕嘆
容忍了一整個炎夏
這聒噪，這喋喋不休
這似乎不知歇息的混聲合唱
「知了，知了。」
——不知道又知道了些什麼？
歌聲劃破百無聊賴的夏日
要奮力訴說的
莫非生命裏的動人傳說？
艱苦掙脫蟬衣，蛻皮羽化
就為了伸長脖子，讓褶皺的蟬翼
堅硬，陣陣顫動
彈唱那世世代代留傳的歌？

我和巧巧靜坐在大安森林公園
在週日清晨，聽寂寥的
蟬聲，戛然漸漸飄逝
像紅花落盡的鳳凰木
就為那短暫的燦爛
蟬生蟬死，蟬的生命
隨季節運轉，按自然規律
蟬聲揚起，蟬聲休止
傳唱的無非是恆常時序
不若有些混濁的聲音
時序混亂，四時不分
喧囂過後，只剩下——就只剩下

五音不全，無法辨識的
粗鄙與淒厲。

——二〇一七年九月三日於波士頓

冬日京都

京都是一個以她的美
讓人落淚的城市

——辛波絲卡，〈寫於旅館〉

如今已經平靜了
猶如冬日的銀杏樹
寒枝光禿，裸裎的
是歷史的痂節

千年的故事——
一頁頁翻動，一頁頁也曾教人
驚心動魄。如今已經平靜
像鴨川的水
潺潺向前流去

京都的時間其實靜止
如博物館裏安靜的古甕
要我們繞着轉
看那些紋飾，那些修過的
裂縫，藏在裂縫裏的時間
看時間如何在眼前攤開
在每一個庭園，每一間寺廟

在御所，在二条城
在每一個街角，在京都
歲月隨我們攤開

唯一不平靜的，是那些
有關京都何以倖免被炸的爭論
其實也無所謂了
穿和服的韓國少女
走過祇園，走過
雪跡猶存的銀閣寺垣
在伏見稻荷大社
照樣有人擠身穿過
人頭攢動的千本鳥居

而在八坂神社前
有人靠着旅遊書
找到鯖資壽司和湯豆腐

只是京都也是一個
焦慮不安的城市
急着要掙脫時間
掙脫某種命運，某種
命定的角色。在歷史褪色之後
剩下美麗與哀愁
像低頭碎步路過的藝妓
在花間小路，匆忙間
也會頻頻回頭

對着記憶招手。京都車站外
事隔多年，仍然有人怒氣填膺
對着京都塔品頭論足
而在車站裏，高聳的聖誕樹
賣力變換傖俗的燈飾顏色

雖然一切早已復歸平靜
但是京都畢竟是座歷史的城市
如今鴨川靜靜地流
人們依稀還記得
多年以前，織田信長揮軍入京，說：
「上洛了——」

——二〇一七年九月六日於波士頓

附記：

京都古時分東京與西京，同時師法唐朝，將東京視為洛陽，西京為長安。由於東京受到重視，西京漸被棄置，最後以整個京都比附洛陽，因此所謂「上洛」指的就是「入京」或「上京都」的意思。日本戰國時代經常發生以下克上的事件，「上洛」因此另有政治含義，指大名進京守護天皇與將軍，實則為挾天子而令諸侯。在戰國早期，只有織田信長成功上洛。

題陳瑞獻書法二首

一、石人垂手

垂手並非沒有動作
垂手是一種姿勢
這位石人，拖着千斤軀體
輕盈地奔跑，跳躍，翻滾
最後累了，垂着雙手
指向大地，指向豐沛的地氣
微風輕輕拂動綠草

陽光溫柔，掛滿草地
這位石人，拭去額上的汗珠
彎腰低頭，摘下小花一朵
然後牽動嘴角，微笑
垂手果然也是動作

二、木馬飛蹄

飛蹄其實無需名駒
飛蹄是一種姿勢
這匹木馬，普通木頭材質
就像寫詩，即使是日常生活
怎麼卑微都無不可

重要的仍是姿勢
可是木馬總為污名所苦
屠城也好，病毒也好
都不是木馬本意
木馬只能甩甩鬃毛
抖抖身體，緩步向前
然後寫意地，拔地蹄飛奮起

——二〇一七年九月七日於波士頓

附記：

老友陳瑞獻多年前贈我大幅書法，上題：

石人垂手

木馬飛蹄

八個大字，化不可為可，禪意幽邈高遠。陳氏筆法，氣勢雄闊，走筆蒼渾，自由自在，無拘無束，更是早入化境。我將這幅大字裱後裝框，置於辦公室裏，每日照面，潛移默化，對我頗多棒喝。我雖魯鈍，但與石人木馬相處日久，竟至似有所悟。二〇一七年夏末秋初滯居波士頓近郊，百年老屋，深夜無眠，想起瑞獻這八字狂草，因作題詩二首，每首十二行，聊表懷念老友之意。

石人垂手 木馬飛蹄
(陳瑞獻草書，2000年，140cm×70cm)

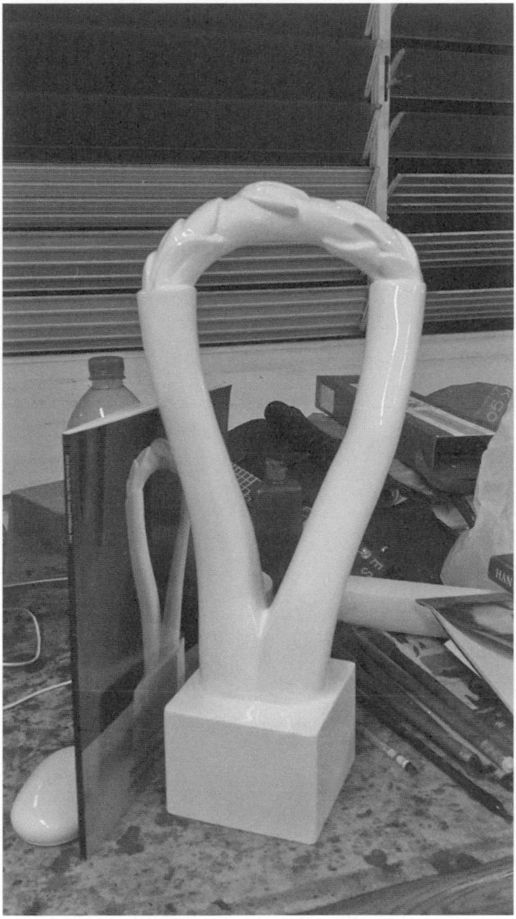

至純頌歌（陳瑞獻雕塑，2013年）

初秋與哈金遊華爾騰湖

我們走吧，沿着湖畔
一百六十年後
天不是那時候的天，雲
不是那時候的雲，湖
也不是那時候的湖
歲月如林中的落葉與腐植土
層層覆蓋梭羅的足跡
就剩下一部叫《華爾騰湖》的書
一處讓人憑弔的小屋遺址

我們要如何想像
一座鳴禽瘖啞的樹林
畫眉、紅鸞與鶺鴒也曾爭鳴
也曾在赤楊與橡樹之間
穿梭飛行？魚鷹展翅
水族世故，卻已學會藏匿
或者想像一片走獸失聲的沼澤林地
沒有狼嗥，沒有蛙鳴
水貂不再咕咕聲叫
一個聲音沙啞的世界

我們走吧，就繞着湖
兩公里半的黃泥小徑

看疊巒樹影為湖面造景
風輕輕拂動，光和倒影
在簡樸與靜謐中
我們要如何像梭羅那樣
想像一片西伯利亞草原
戰爭之後又是戰爭
革命之後仍有革命
倘若湖泊乾枯，我們
要如何想像華爾騰湖？
如何向梭羅描述，這許多年
樹林外那個陌生的世界？
梭羅也曾夜讀《論語》

「夫子欲寡其過而未能也。」
自然失序，是一切失序的
開始，這世界患了
妄語症，只因為權勢與傲慢
既是這樣，我們走吧
讓湖靜靜地躺着
讓微風在秋陽下吹皺湖面
天已不是那時候的天，雲
也不是那時候的雲，湖
更不是那時候的湖
那麼梭羅要如何想像
華爾騰湖外的喧囂與憤怒？
他又該如何理解

我們稍顯隱晦的詩？

——二〇一七年十月二十三日於臺北

附記：

二〇一七年九月一日至十五日，我客居哈佛大學附近的薩默維爾(Somerville)。九月九日適逢週六，哈金驅車帶我參訪距波士頓不遠的華爾騰湖(Walden Pond)與愛默生(Ralph Waldo Emerson)位於康考德鎮(Concord)的故居。華爾騰湖面積二十五公頃（六十一英畝），周長二點七公里（一點七英哩），只能算是小湖，不過四周林木茂盛，樹種不少，更因梭羅(Henry David Thoreau)的《華爾騰湖》(*Walden, or, Life in the Woods*，另一常見譯名為《湖濱散記》）一書而聞名於世。梭羅自一八四五年七月四日至一八四七年九月六日，在華爾騰湖畔愛默生所有之土地自建小屋居住了兩年兩月又兩天，日後他為這兩年之所見所思設定主題，寫成《華爾騰湖》一書，於一八五四年出版，只是他在書中把這段時間濃縮為一年。《華爾騰湖》屬美國文學經典，今年剛好為梭羅誕生二百週年，各種紀念活動不少，此書近年來也因新的批評視角而備受重視。這首詩第四節第二行「夫子欲寡其過而未能也」一句見《華爾騰湖》第二章〈我住的地方，我為何而活〉（"Where I Lived, and What I Lived For"），語出《論語・憲問十四》第二十五：「蘧伯玉使人於孔子，孔子與之坐而問焉，曰：『夫子何為？』對曰：『夫子欲寡其過而未能也。』使者出。子曰：『使乎！使乎！』」從使者答覆孔子的話可知，蘧伯玉謙沖為懷，雖努力想要減少過失卻自言力有未逮，與時下某些權勢階級之蠻橫傲慢不可同日而語。

夜讀《武穆遺書》有感

我小心翼翼地，一頁頁翻開
這一卷薄薄的千古奇書
孤燈下，瀟瀟雨歇
一卷手抄本，紙如蟬翼
封面焦黃，上書——
《武穆遺書》四字行草

我緩慢地，一字字辨讀
漫漶的草書，漫漶數百年

數百年的悲憤，這卷孤本
字行間猶聞聲聲嘆息
倘若這是真跡，事已不可考
事也不可為，在歷史的漫漫長夜

我艱辛地，一行行苦思
這長夜究竟是何含意？
傳說將軍落難，連夜疾書
這狂草，或峻急，或遒勁
盡是些複雜難解的布陣圖
潛藏着多少壯闊山河，秀麗阡陌
我謹慎地，一段段點閱

這諒必是將軍手書
或是經由他人傳抄？
這狂草又如秋風，落葉翻飛
天地昏暗，視野茫茫
抬望眼，將軍仰天長嘯

我不解地，一遍遍琢磨
從大漠到中原，到這海島
從滾滾黃沙，到洶洶巨浪
歷史翻動，翻不動的是命數
就這麼纖薄的數頁草書
要如何翻江倒海，改朝換代？

我虔敬地，最後輕輕掩上
這一卷封塵已久的孤本
彈一彈灰塵，我聽到
將軍最後的嘆氣
深夜靜寂，憂悲聲
阻不斷崎嶇的命途暗夜

——二〇一七年十一月十八日於臺北

附記：

《武穆遺書》據傳為岳飛遺著，事見金庸小說《射鵰英雄傳》。金人完顏洪烈與其義子楊康欲奪此書，志在滅宋而得天下。郭靖與黃蓉一幫中原俠士咸信擁有此書則大宋江山可保。似乎滅宋保宋端賴此書，江湖紛爭，腥風血雨因此難免。只是數百年後，不論大金或大宋，俱往矣！順便一提：建立大金之完顏氏原為女真人，金亡後，其後人多易姓南遷避禍。其中一支改姓粘，散居福建泉州與福州等地。臺灣彰化縣福興鄉粘厝莊亦為粘姓族人主要聚集地。據說全臺粘姓人士約有一萬兩千人，其中八千人即居福興鄉一帶。多年前我赴哈爾濱參加學術會議，曾至哈爾濱附近之阿城市金上京歷史博物館參觀，即見有多幀彰化粘氏宗親至阿城市祭祖之留影。據知新馬一帶亦有若干粘姓後代。又：本詩「瀟瀟雨歇」、「抬望眼，……仰天長嘯」等語皆出自岳飛所作〈滿江紅〉詞。

歷史 / 李有成攝影

鱟魚標本

我站在捷運站旁的
眼鏡行前，櫥窗裏
在各種款式眼鏡之間，一隻
鱟魚標本靜坐不動。我站着
觀看鱟魚苦笑，牠怎麼
也再無法移動那六對步足

陰濕的騎樓人來人往
沒有人發現，我對着櫥窗

淚眼模糊。櫥窗裏
退潮的海灘，夕陽
斜照着爛泥，潮水平靜
彷彿沒有事情發生
一個瘦弱的小孩
踩着泥巴來回尋覓
他彎身抓起一對鱟魚
看牠們無助的步足
在空中死命掙扎
抓破了絢麗的晚霞

我潸然落淚，見雄鱟魚
驚魂未定，落難在爛泥中

頻頻回首，艱辛地揮動
牠的尖尾刺，像在揮手告別
這個世界。那雌鱟魚
無言傷痛，絕望地垂下步足
小孩興奮地抓住雌鱟魚
踩着爛泥往岸上走去
夕陽哀傷，沉着臉
潮水憂慼，靜默地
往後退，留下孤獨的雄鱟魚
在泥地裏，悲痛地望着
雌鱟魚離去

我站在眼鏡行的櫥窗前

泫然落下老淚，原來
櫥窗裏的那一片爛泥
那一天日落前，霞光黯然
那一對鰲魚，淚眼
相看，竟是生離死別
牠們棲息的家園
在牠們消失之後，留下的
竟是破碎，荒蕪
無盡的浩劫

我在淚光中發現
廚窗裏那一大片爛泥
像夢魘那樣，不斷地嗥叫

那隻鱟魚標本，竟撐起步足
在泥巴裏緩慢爬動
眾多的鱟魚，舉起牠們的
尖尾刺，彷彿在抗議——
在傷悼，在濕冷的都市
在我的懺悔中
那日漸模糊的記憶

——二〇一八年一月一日於臺北

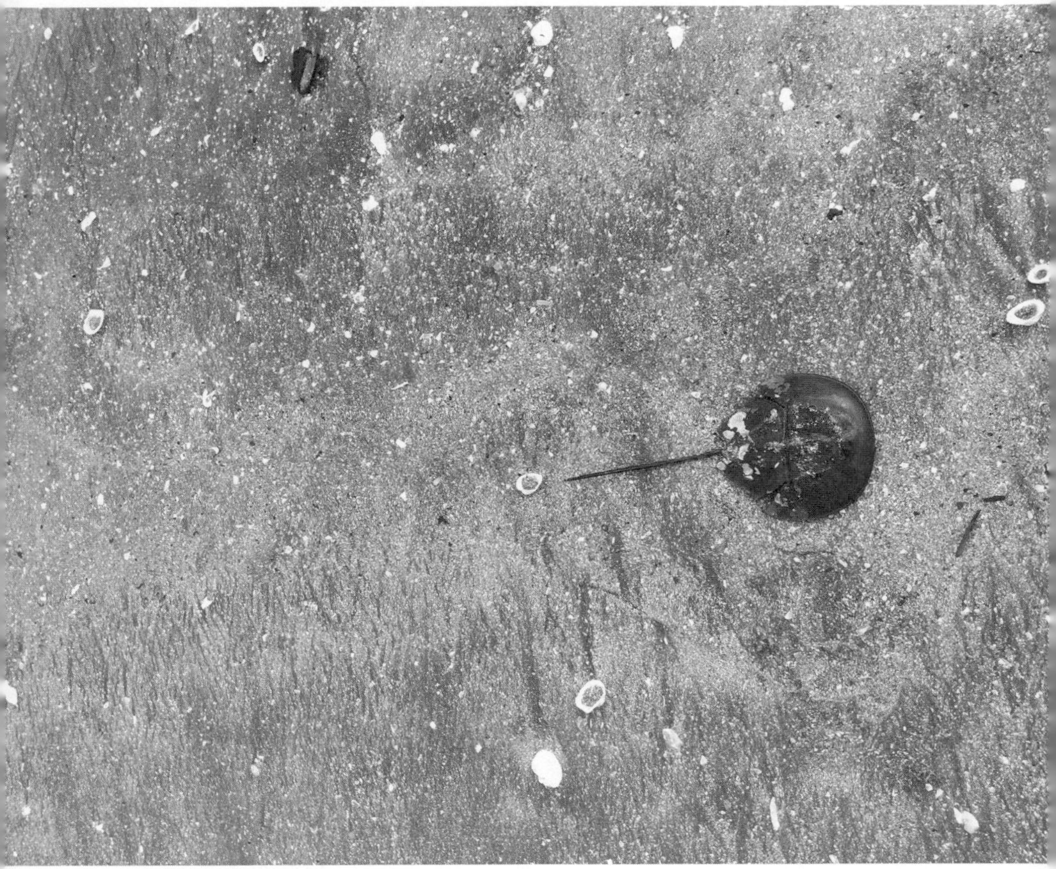

告別鱟魚 / 李有成攝影

我只有寫詩悼念您

我只有寫詩悼念您
二〇一七年十二月十四日上午
就在高雄，有人告訴我
您已經離去。我一語不發
遙望西子灣外海
您已然越過沙洲，清癯的
身影，步履輕盈
這是暖冬，波光瀲灩
海上有船舶。

海上有船舶，汽笛聲響
領航人帶路。您不需要領航人
您就是，您踏波而去
沙洲之外，一片廣袤的
天地，蔚藍的天空
水鳥盤旋，海豚列隊
在清晨的大海
泅泳，唧唧鳴叫
劃破海面的沉寂。

劃破海面的沉寂，激起
朵朵浪花，您踩着

浪花而去，越過沙洲
您就要遠行，召喚您的
是另一種鄉愁
是另一首未知的詩
要您去譜上
那教我們悲傷的節奏。

那教我們悲傷的節奏，傳說
因為璀璨，所以疲憊
因為俊美，所以凋零
您留下璀璨與俊美
過了沙洲，您回頭看
莞爾一笑，一群小孩

在爛泥灘上翻滾嬉戲
我在岸上，只有寫詩悼念您。

——二〇一八年一月十八日於臺北

附記：

余光中老師慟於二〇一七年十二月十四日，距生於一九二八年十月二十一日，虛歲九十，得享高壽，惟噩耗傳來，仍令人悲傷不已。我讀大學時即隨余老師讀英美現代詩；尤其近二十年，我常到國立中山大學參加學術活動，因而有較多機會去探望他。他偶爾請我餐敘，或贈我新著。余老師不僅誨人不倦，更是終生著述不斷，是詩人、散文家、批評家及翻譯家，著作等身，光詩創作就在千首以上，收入詩集二十餘種。詩人離去，我不揣譾陋，僅以詩誌師生之情與悼念之意。這首詩各節反覆出現之「沙洲」意象，實出於英國詩人丁尼生（Lord Alfred Tennyson）之〈越過沙洲〉（"Crossing the Bar"）一詩。丁尼生詩的時間背景為薄暮時分，我這首詩選擇的是清晨，正是余老師大去之時。〈越過沙洲〉必定為余老師熟悉之作，我這樣借用丁尼生的意象，不知老師是否同意？

國立中山大學
西子灣在等你
海峽浩蕩是前景
壽山巍峨是後台
日月与眾星是大壁畫
更有長堤舉起了灯塔
把七海的巨船都迎來
這壯闊的劇台正等待
一位主角來演出
天風与海潮都在呼喚
美丽的預言正在等待
來吧，西子灣等你到來
余光中
客家貢獻

悼念／李有成攝影

出海

——祭永平

壹、二〇一七年九月二十日：關渡馬偕醫院

白色的牆，白色的
床單，白色的
護士忙進忙出
你被罩在白色裏
白色的世界，儀器的

螢幕上，跳動着微弱的白色曲線
你雙眼緊閉，在白色的
雲端飄盪，記憶也像
白色的雲，飄浮
在童年古晉的上空
在密西西比河上
在西子灣，七星潭
最後呢？最後停留在
淡水河上。還有
白色的光，自黑暗中緩緩
溢出，隱約傳來
儀器間歇的聲音

我輕聲呼叫你的名字
你睜開眼，眼角含淚
冷氣機艱辛地，呼吸
我輕拍你插着管子的手
白色的雲，你飄浮着
彷彿在搜尋最後的記憶

我們在走廊，壓低聲音
白色的醫師面色凝重
「要急救嗎？」他一再問說
白色的袍子，天使的
顏色，憂傷的天使
含淚的天使，為我們

捎來，最後的消息。

——二〇一八年二月二十日於臺北

貳、二〇一七年九月二十二日：首爾奉恩寺

從此無病無痛
無憂無懼，從此關上
生滅大門，關上所有
塵念，所有牽掛
千斤重的那一扇門
你在門外，關上苦樂
關上五蘊六根
無悲無喜，斷除煩惱

關上無常大門。

「若有所求，至心念誦，皆得如是，無病延年；
命終之後，生彼世界，得不退轉，乃至菩提。」

你將遠行，出走
娑婆世界，像疲憊的旅人
步伐沉重，在初秋的午後
獨自上路。大門悄悄關上
留下偌大的身影
許多未完的傳說
未乾的文字
在首爾奉恩寺大雄殿

我低首合掌，祈求
光明廣大的藥師佛
讓八大菩薩凌空而降
引領你，一路隨行
不要迷妄，切莫貪愛
那途中景色
「一切諸行，當作無常想……」
你要放下，向前就是
道徑，不可分心
要朝那光，那淨琉璃世界
再無病苦，再無怖畏
遠離厄難，上路時
可以安心。

——二〇一八年二月二十三日深夜於臺北

參、二〇一七年九月二十五日：淡水漁人碼頭

出海了，永平
似乎什麼也沒改變
這是清晨，霧靄已散
海風輕拂，平靜的海面
海鷗低翔，呱呱地
爭相哀鳴，要為你送行
出海了，永平
汽船劃破靜謐
路上開滿白色浪花
你就要告別，告別
熟悉的淡水，渺遠的

觀音山，那片油綠的
紅樹林，還有喧鬧的
淡水車站。告別
所有的哀慼與掌聲

你即將遠行，從海上
像往常一樣，出發
你仍將踽踽獨行
波濤晃盪，初陽
溫煦，撫慰你的傷痛
海風颭起，腥鹹陣陣
護送你，你即將遠行
水族開道，一路隨行

引領你，一路——
一路向南。

永平，要記住
海面遼闊，海底
深沉，冷冽，幽冥
千萬記住，要一路向南
向南，朝水族泅泳的
方向。海上蜃景
一如塵世，教人迷茫
傳說還有水妖
歌聲曼妙，惑人
何況處處另有

仙鄉，瓊漿玉露
可以酩酊，可以忘憂
但是永平，記住了
出了淡水河口
不要回頭，也無須
眷顧，你就一路向南
一路，經臺灣海峽
沿南中國海
海上不要憂懼，徬徨
就一路，一路來到
砂拉越河河口，你抖落
這數十年的疲憊
這一生的惆悵與憂傷

回家了，永平。

——二〇一八年二月二十日於臺北

附記：

老友李永平一九四七年九月十五日生於砂拉越古晉市，二〇一七年九月二十二日病逝關渡馬偕醫院，享年七十歲，留下武俠新作《新俠女圖》未完。我曾於九月十九日傍晚與二十日上午赴馬偕醫院探視已在彌留中的永平。這段期間封德屏、高嘉謙、胡金倫、張貴興、楊宗翰、林秀梅等為永平病情變化往返醫院，奔波不已。二十日上午聽取醫師分析病情之後，我和嘉謙向永平弟妹等親屬轉述永平數度託付之心願。二十日是我最後一次去看永平，翌日即飛首爾參加學術會議。二十二日獲德屏、金倫與嘉謙等留言告知，永平已於下午二時五十二分離開人世，儘管內心早有準備，聞訊仍悲痛不已。馮品佳與小兒隨後陪我至首爾江南區之千年古剎奉恩寺參拜。奉恩寺大雄殿供奉三寶佛，中央為釋迦牟尼佛，左右分別為阿彌陀佛與藥師佛。我親見永平生前備受病苦折磨，故祈求藥師佛為永平去厄消災，永脫苦海，並引領他往淨琉璃光明世界。詩中所引為《藥師經》中釋迦牟尼佛告曼殊室利言。因親屬須趕返砂拉越，永平乃於二十四日火化，並於二十五日自淡水漁人碼頭出發舉行海葬。十二月十日《文訊》月刊、國立臺灣大學文學院及麥田出版有限公司等於臺大文學院演講廳聯合舉辦「李永平追思紀念會暨文學展」。我有長文〈一介布衣：懷念永平〉刊《文訊》月刊二〇一七年十二月第三八六期（重刊於馬來西亞《星洲日報・文藝春秋》，二〇一八年一月十五日），寫我與永平四十年友情，可以參考。

深夜回到漁村

深夜回到漁村
姪女婿開車，侄兒隨行
車子摸黑沿着小路
在新翻修的白色平房前停下
妹妹開門，開口問道：
「哥，吃過了嗎？」

深夜回到漁村
妹婿早睡了，偌大的房子

電風扇輕聲旋轉
電視機壓低了聲音
生怕吵醒業已安歇的鄰居
或者周圍那些安靜的椰子樹

記憶彷如斷線的風箏
在空中搖擺，飄盪
牆上的老鐘換上了電子產品
鐘擺不見了，聽不見嘀嗒聲
只聽說誰已經走了好多年
誰家的孩子在新加坡工作

老房子還在

更老的房子拆了
手足凋零，隨父母離去
下一代像蒲公英的種子
為尋找新的沃土
隨風四處紛飛

在稍稍沉默之後
妹妹低聲說道：
「明天煮鮮蝦鹹魚骨咖哩！」
侄兒和姪女婿起身告辭
我拍拍他們的肩膀，叮囑說：
「要常回來探望姑姑。」

深夜回到漁村
親情像熟悉的舊書那樣
在不斷隨手翻閱中
我彷彿看到新的意義
也像摘自舊枝的茶葉
要烘焙出久違的甘香

——二〇一八年三月九日於大山腳

某日下午

他拼命憂鬱拼命埋怨
拼命和窗外的小草扮那種無可奈何的鬼臉
就把一整個下午緊緊地壓扁在
靜得有點懶惰的眼睛裏
於是他想起
早上出門前如何忘了把氈子請去見見陽光
如何在昨夜停電時忘了寫詩

我說的下午你說的下午

不是他說的下午可以在辦公室幻想
可以讀生活的困境可以等待水菓攤販
所以下午沒有小名沒有外貌
所以就只好與冷氣機親熱，與回憶招呼
然後想想如何把下午的眼睫合上

——一九六八年四月於八打靈再也

祭南海之神

淼淼南海碧波千萬浬
渺渺，有一種聲音
哀哀，有一種愴痛
蟄居千嶧的海神
湛湛詭譎，祢竟疏於巡弋？
慘慘然，有一種歎息
千縷萬縷，莫非擾祢清聽？
有一種命運，蹇剝的
命運，呻吟水上

祢應豎耳，抑或乘祢白黿
遠遠，遠遠
避向暗澹深處？
有一種手勢
顫慄的手勢
向前，莽莽水域是茫茫的希望
向後，淒淒故園是重重的絕望
萬民慌慌，海神
祢何忍吝於指引？

洶洶南海，淼漫的
水鄉，也曾有
旌桅樓船，舳艫鱗比

海神，祢也曾
飄忽顯靈，命那海妖水怪
流竄臣服。從安南
至暹羅，南迄滿剌加㈠
上國人文，也曾託祢護佑
滙粹南國

神明不老，激盪的
仍是昔日的湛藍
幽幽水路，祢能否辨識
昔年千帆犁過的痕跡？
故人遠去，龍骨已解體
舊時的水路，如今

另有搖搖晃晃的旗號
搖搖晃晃，要向祢借道
借舊日的水道，祢要憐憐
這張張焦慮失血的臉孔
也是上國後裔，三保落難的子弟
祢若公正，就不該棄他們
倉倉皇皇，直向祢呼告投奔

南海灝灝，珍藏全歸祢
水族麕居，全依祢統御
祢凌波而行的神明
且莫嫌棄，莫嫌這些人
獨缺牛羊雞豕，清酒素菓

沃土已變荒原
牲畜不育，五穀哀傷
祢且問一問那四方土地
何以如此愴然？

浼浼南海，也有那
觀音慈航，那麼海神
祢就該來，該來普渡
從此岸到彼岸
教南海萬頃盡是甘霖
教這些人終生膜拜
莫讓碧藍無辜
竟成哀哀愁愁的鬼鄉

而教這些人，死後遷怒於祢
魂魄滲濕，鬼聲啾啾
猶學那精衛銜石㈡
無數的精衛，要在祢
廣袤的美麗家園
鋪一條，一條自由之路
一端刺向森森魔穴
另一端要勇敢伸向前
海神，切莫教
莫教自由遭人辱笑

出祢鱗屋龍宮吧，海神
或騎螭龍，或乘大鼇

冥頑盜梟，也應羞慚遠行
發祢赫赫神威吧
教颱風消弭，洪濤俯首
教魚蝦開道，靈龜護行
傳說南海多樂土，蓬萊接連
就出祢貝闕朱宮吧，海神
有一種聲音，祢應該聽到
有一種手勢，祢應該看見
有一種仰望，祢應該同情
那麼海神，冥冥中祢且來
會四方之神明
領哀哀黔首
南向，南向，教自由

有路，求生有門
而廻瀾萬轉的南海
原就是慈悲的仙鄉

——一九七九年七月三日脫稿於臺北，七月十二日重修

附註：

㈠安南、暹羅、滿剌加：皆古國名。安南即今越南；暹羅即泰國，滿剌加則為今馬來半島南部之馬六甲，為馬來西亞之一州。

㈡精衛：鳥名。《山海經》〈北山經〉云：「發鳩之山，其上多柘木，有鳥焉，……名曰精衛，其鳴自詨，……常銜西山之木石，以堙於東海。」又〈述異記冤禽條〉云：「炎帝女溺海化精衛，一名冤禽。」

附記：

越戰始於一九五五年十一月一日，而以南北越統一終於一九七五年四月三十日。這場在學術上有時被稱為美國在越南的戰爭鏖戰二十年，死傷數百萬人。越戰結束後，倉皇逃離越南的人不在少數，其中有不少搭船逃亡，因此又被稱為船民。一九七〇年代末常見有船民擠身在破舊的船上，在南中國海漂流，有些在馬來半島東部靠岸，幸運的獲得短暫留置，之後被送到他國居留。此即〈祭南海之神〉一詩的背景。詩完成後藏置多年，之後竟遍尋不着，日前整理舊稿才重見天日。此詩為一九七〇年代我所寫的最後一首詩，風格、語言、理念皆屬於那個年代，原無再對外發表的必要。《南洋商報・南洋文藝》的主編張永修知道有這麼一首詩，鼓勵我發表。三、四十年前的舊作，屬出土文物，聊作個人詩創作生涯中的紀念。（二〇一四年六月九日清晨記於八打靈再也）

海上/李有成攝影

作品刊登年表

一、〈卡拿〉臺灣《聯合報‧聯合副刊》，二〇〇七年一月十六日

二、〈我問土耳其朋友阿里一個有關身分的問題〉臺灣《聯合報‧聯合副刊》，二〇〇七年一月十六日

三、〈我又問土耳其朋友阿里一個有關身分的問題〉臺灣《聯合報‧聯合副刊》，二〇〇九年一月三十一日

四、〈擬漢俳十首〉未刊稿

五、〈據說從此——六十初度口占〉馬來西亞《星洲日報‧文藝春秋》，二〇一一年三月十三日

六、〈種族主義辯證法〉馬來西亞《南洋商報‧南洋文藝》，二〇一四年六月二十四

日；臺灣《中國時報・人間副刊》，二〇一四年十一月二十四日

七、〈訪馬克思故居〉　馬來西亞《南洋商報・南洋文藝》，二〇一四年六月二十四日；臺灣《自由時報・自由副刊》，二〇一五年一月二十七日

八、〈深夜訪陳瑞獻於古樓畫室〉　新加坡《聯合早報・文藝城》，二〇一四年七月二十二日

九、〈和張錯詩〈夏蟬〉〉　臺灣《聯合報・聯合副刊》，二〇一六年十一月十日

十、〈病中雜詠〉　臺灣《文訊》月刊，第三七三期，二〇一六年十一月

十一、〈迷路蝴蝶〉　臺灣《自由時報・自由副刊》，二〇一七年一月十一日

十二、〈記夢一則〉　馬來西亞《南洋商報・南洋文藝》，二〇一七年二月二十一日

十三、〈讀阿多尼斯的〈奧德修斯〉有感〉　臺灣《聯合報・聯合副刊》，二〇一七年二月二十四日

十四、〈在辛波絲卡墓前〉　臺灣《文訊》月刊，第三七七期，二〇一七年三月

十五、〈石頭記——三訪京都龍安寺方丈庭園〉　臺灣《幼獅文藝》月刊，二〇

一七年四月

十六、〈冬日清晨訪京都本能寺〉臺灣《文訊》月刊，第三八四期，二〇一七年十月

十七、〈倫敦尋舊居不遇〉臺灣《自由時報・自由副刊》，二〇一七年十一月十五日

十八、〈夏末大安森林公園聽蟬〉臺灣《文訊》月刊，第三八六期，二〇一七年十二月

十九、〈冬日京都〉臺灣《聯合報・聯合副刊》，二〇一七年十二月四日

二十、〈題陳瑞獻書法二首〉馬來西亞《星洲日報・文藝春秋》，二〇一八年三月十一日

二十一、〈初秋與哈金遊華爾騰湖〉馬來西亞《星洲日報・文藝春秋》，二〇一八年三月二十五日

二十二、〈夜讀《武穆遺書》有感〉馬來西亞《南洋商報・南洋文藝》，二〇一七年十二月十二日

二十三、〈鱟魚標本〉馬來西亞《季風帶》季刊，第七期，二〇一八年三月

二十四、〈我只有寫詩悼念您〉 馬來西亞《季風帶》季刊，第七期，二〇一八年三月

二十五、〈出海——祭永平〉 臺灣《文訊》月刊，第三九〇期，二〇一八年四月

二十六、〈深夜回到漁村〉 未刊稿

二十七、〈某日下午〉 馬來西亞《學生周報》，第六一四期，一九六八年四月二十四日

二十八、〈祭南海之神〉 馬來西亞《南洋商報・南洋文藝》，二〇一四年六月十七日

當代名家・李有成作品集1

迷路蝴蝶

2018年4月初版　　定價：新臺幣390元

著者	李有成
編輯主任	陳逸華
叢書編輯	黃榮慶
校對	曾嘉琦
	李有成
書法圖片	陳瑞獻
美術設計	蔡南昇

出版者	聯經出版事業股份有限公司
地址	新北市汐止區大同路一段369號1樓
編輯部地址	新北市汐止區大同路一段369號1樓
叢書編輯電話	(02)86925588轉5307
台北聯經書房	台北市新生南路三段94號
電話	(02)23620308
台中分公司	台中市北區崇德路一段198號
暨門市電話	(04)22312023
台中電子信箱	e-mail：linking2@ms42.hinet.net
郵政劃撥帳戶第	0100559-3號
郵撥電話	(02)23620308
印刷者	世和印製企業有限公司
總經銷	聯合發行股份有限公司
發行所	新北市新店區寶橋路235巷6弄6號2樓
電話	(02)29178022

總編輯	胡金倫
總經理	陳芝宇
社長	羅國俊
發行人	林載爵

行政院新聞局出版事業登記證局版臺業字第0130號

本書如有缺頁，破損，倒裝請寄回台北聯經書房更換。　ISBN 978-957-08-5100-7 (平裝)
電子信箱：linking@udngroup.com

國家圖書館出版品預行編目資料

迷路蝴蝶/李有成著．初版．新北市．聯經．2018年
4月（民107年）．192面．14.8×21公分（當代名家·
李有成作品集1）

ISBN　978-957-08-5100-7（精裝）

851.486　　　　　　　　　　　　107003741